Старость

契诃夫小说选集

老年集

〔俄〕契诃夫 著

汝龙 译

人民文学出版社

图书在版编目（CIP）数据

契诃夫小说选集. 老年集/（俄罗斯）契诃夫著；汝龙译. —北京：人民文学出版社，2021
ISBN 978-7-02-012938-6

Ⅰ.①契… Ⅱ.①契…②汝… Ⅲ.①短篇小说—小说集—俄罗斯—近代 Ⅳ.①I512.44

中国版本图书馆 CIP 数据核字(2017)第 134305 号

策划编辑	张福生
责任编辑	李丹丹
装帧设计	刘　静
责任印制	王重艺

出版发行	人民文学出版社
社　　址	北京市朝内大街 166 号
邮政编码	100705
网　　址	http://www.rw-cn.com
印　　刷	三河市博文印刷有限公司
经　　销	全国新华书店等
字　　数	98 千字
开　　本	787 毫米×1092 毫米　1/32
印　　张	8
印　　数	1—3000
版　　次	2021 年 4 月北京第 1 版
印　　次	2021 年 4 月第 1 次印刷
书　　号	978-7-02-012938-6
定　　价	31.00 元

如有印装质量问题，请与本社图书销售中心调换。电话:010-65233595

目　次

变色龙 ·················· 1

生活琐事 ················ 9

关于爱情 ················ 22

老年 ···················· 42

挂在脖子上的安娜 ········ 54

吻 ······················ 81

冷血 ···················· 118

公差 ···················· 154

他明白了！ ·············· 188

在朋友家里 ·············· 211

变 色 龙

警官奥楚美洛夫穿着新的军大衣,手里拿着个小包,穿过市集的广场。他身后跟着个警察,生着棕红色头发,端着一个粗箩,上面盛着没收来的醋栗,装得满满的。四下里一片寂静。……广场上连人影也没有。小铺和酒店敞开大门,无精打采地面对着上帝创造的这个世界,像是一张张饥饿的嘴巴。店门附近连一个乞丐都没有。

"你竟敢咬人,该死的东西!"奥楚美洛夫忽然听见说话声,"伙计们,别放走它!如今咬人可不行!抓住它！哎哟……哎哟！"

狗的尖叫声响起来。奥楚美洛夫往那边一看，瞧见商人彼楚京的木柴场里窜出来一条狗，用三条腿跑路，不住地回头看。在它身后，有一个人追出来，穿着浆硬的花布衬衫和敞开怀的坎肩。他紧追那条狗，身子往前一探，扑倒在地，抓住那条狗的后腿。紧跟着又传来狗叫声和人喊声："别放走它！"带着睡意的脸纷纷从小铺里探出来，不久木柴场门口就聚上一群人，像是从地底下钻出来的一样。

"仿佛出乱子了，官长！……"警察说。

奥楚美洛夫把身子微微往左边一转，迈步往人群那边走过去。在木柴场门口，他看见上述那个敞开坎肩的人站在那儿，举起右手，伸出一根血淋淋的手指头给那群人看。他那张半醉的脸上露出这样的神情："我要揭你的皮，坏蛋！"而且那根手指头本身就像是一面胜利的旗帜。奥楚美洛夫认出这个人就是首饰匠赫留金。闹出这场乱子的祸首是一条白毛小猎狗，尖尖的脸，背上有一块黄斑，这时候坐在人群中央的地上，前腿劈开，浑身发抖。它那含泪的眼睛里流露出苦恼和恐惧。

"这儿出了什么事？"奥楚美洛夫挤到人群中去，问道，"你在这儿干什么？你干吗竖起手指头？……是谁在嚷？"

"我本来走我的路，官长，没招谁没惹谁……"赫留金凑着空拳头咳嗽，开口说，"我正跟米特利·米特利奇谈木柴的事，忽然间，这个坏东西无缘无故把我的手指头咬一口。……请您原谅我，我是个干活的人。……我的活儿细致。这得赔我一笔钱才成，因为我也许一个星期都不能动这根手指头了。……法律上，官长，也没有这么一条，说是人受了畜生的害就该忍着。……要是人人都遭狗咬，那还不如别在这个世界上活着的好。……"

"嗯！……好……"奥楚美洛夫严厉地说，咳嗽着，动了动眉毛，"好。……这是谁家的狗？这种事我不能放过不管。我要拿点颜色出来叫那些放出狗来闯祸的人看看！现在也该管管不愿意遵守法令的老爷们了！等到罚了款,他,这个混蛋,才会明白把狗和别的畜生放出来有什么下场！我要给他点厉害瞧瞧！……叶尔迪陵,"警官对警察说,"你去调查清楚这是谁家的狗,打个报告上来！这条狗得打死才成。不许拖延！这多半是条疯狗。……我问你们:这是谁家的狗?"

"这条狗像是席加洛夫将军家的!"人群里有个人说。

"席加洛夫将军家的？嗯！……你,叶尔迪陵,把我身上的大衣脱下来。……天好热！大概快要下雨了。……只是有一件事我不懂:它怎么会咬你的?"奥楚美洛夫对赫留金说,"难道它够得到你的手指头？它身子矮小,可是你,要知道,长得这么高大！你这个手指头多半是让小钉子扎破了,后来却异想天开,要人家赔你钱了。你这种人啊……谁都知道是个什么路数！我可知道你们这些魔鬼!"

"他,官长,把他的雪茄烟戳到它脸上去,拿它开心。它呢,不肯做傻瓜,就咬了他一口。……他是个无聊的人,官长!"

"你胡说,独眼龙!你眼睛看不见,为什么胡说?官长是明白人,看得出来谁胡说,谁像当着上帝的面一样凭良心说话。……我要胡说,就让调解法官审判我好了。他的法律上写得明白。……如今大家都平等了。……不瞒您说……我弟弟就在当宪兵。……"

"少说废话!"

"不,这条狗不是将军家的……"警察深思地说,"将军家里没有这样的狗。他家里的狗大半是大猎狗。……"

"你拿得准吗?"

"拿得准,官长。……"

"我自己也知道。将军家里的狗都名贵,都是良种,这条狗呢,鬼才知道是什么东西!毛色不好,模样也不中看……完全是下贱货。……他老人家会养这样的狗?!你的脑筋上哪儿去了?要是这样的狗在彼得堡或者莫斯科让人碰上,你们知道会怎样?那儿才不管什么法律不法律,一转眼的工夫就叫它断了气!你,赫留金,受了苦,这件事不能放过不管。……得教训他们一下!是时候了。……"

"不过也可能是将军家的狗……"警察把他的想法说出来,"它脸上又没写着。……前几天我在他家院子里就见到过这样一条狗。"

"没错儿,是将军家的!"人群里有人说。

"嗯!……你,叶尔迪陵老弟,给我穿上大衣吧。……好像起风了。……怪冷的。……你带着这条狗到将军家里去一趟,在那儿问一下。……你就说这条狗是我找着,派你送去的。……你说以后不要把它放到街上来。也许它是名贵的狗,要是每个猪猡都拿雪茄烟戳到它脸上去,要不了多久就能把它作践死。狗是娇嫩的动物嘛。……你,蠢货,把手放下来!用不着把你那根蠢手指头摆出来!这都怪你自己不好!……"

"将军家的厨师来了,我们来问问他吧。……喂,普罗霍尔!你过来,亲爱的!你看看这条狗。……是你们家的吗?"

"瞎猜!我们那儿从来也没有过这样的狗!"

"那就用不着费很多工夫去问了,"奥楚美洛夫说,"这是条野狗!用不着多说了。……既然他说是野狗,那就是野狗。……弄死它算了。"

"这条狗不是我们家的,"普罗霍尔继续说,"可这是将军哥哥的狗,他前几天到我们这儿来了。我们的将军不喜欢这种狗。他老人家的哥哥却喜欢。……"

"莫非他老人家的哥哥来了?弗拉基米尔·伊凡内奇来了?"奥楚美洛夫问,他整个脸上洋溢着动情的笑容,"可了不得,主啊!我还不知道呢!他要来住一阵吧?"

"住一阵。……"

"可了不得,主啊!……他是惦记弟弟了。……可我还不知道呢!那么这是他老人家的狗?很高兴。……你把它带去吧。……这条小狗怪不错的。……挺伶俐。……它把这家伙的手指头咬一口!哈哈哈!……咦,你干吗发抖?呜呜……呜呜。……它生气了,小坏包……好一条小狗。……"

普罗霍尔把狗叫过来,带着它离开了木柴场。……那群人就对着赫留金哈哈大笑。

"我早晚要收拾你!"奥楚美洛夫对他威胁说,然后把身上的大衣裹裹紧,穿过市集的广场,径自走了。

生 活 琐 事

尼古拉·伊里奇·别里亚耶夫是彼得堡的房产主,常去看赛马。他年纪还轻,才三十二岁,保养得很好,面色红润,有一天将近傍晚,到奥尔迦·伊凡诺芙娜·伊尔宁娜太太家去。他眼下跟她同居,或者,按他的说法,正把一件冗长乏味的风流韵事拖下去。确实,这件风流韵事的最初几页虽则有趣,令人入迷,却早已读完,然而现在这本书还在拖下去,没完没了,新奇有趣的东西却一点也没有了。

我的男主人公恰好碰上奥尔迦·伊凡诺芙娜不在

家,就在客厅里一张睡椅上躺下,开始等她。

"傍晚好,尼古拉·伊里奇!"他听见一个孩子的声音说,"妈妈马上就回来。她带着索尼雅到女裁缝那儿去了。"

原来奥尔迦·伊凡诺芙娜的儿子阿辽沙也在这个客厅里,躺在一张长沙发上。他是个八岁的男孩,身材匀称,养得挺娇,打扮得像画中的人,穿着丝绒上衣和黑色的长袜。他躺在缎子的椅垫上,分明在模仿不久以前在杂技场见过的艺人,时而抬起这条腿往上踢,时而又踢那条腿。等到他那两条好看的腿踢得累了,他就抡胳膊,要不然就猛地跳下来,手脚一齐挨地,打算把两条腿举到空中去。所有这些动作他都是带着最严肃的脸色做的,累得呼哧呼哧地喘气,仿佛上帝赐给他这么不肯安静的身体,他自己也感到不高兴似的。

"啊,你好,我的朋友!"别里亚耶夫说,"是你吗?可是我简直没瞧见你。妈妈身体好吗?"

阿辽沙伸出右手,抓住左脚的脚尖,用极不自然的姿势翻一个身,跳起来,从毛茸茸的大灯罩后面朝别里亚耶夫瞥一眼。

"该怎么跟您说好呢?"他说,耸了耸肩膀,"实际上,妈妈老是不舒服。是啊,她是女人,尼古拉·伊里奇,女人总归有这样那样的病。"

别里亚耶夫闲着没事做,就开始打量阿辽沙的脸。这以前他跟奥尔迦·伊凡诺芙娜相好的这段时期,他根本就没留意过那个男孩,完全没有理会有个孩子活着,只看见一个男孩在他眼前晃来晃去,至于他为什么在那儿,是个什么样的人,不知怎的,连想也不愿意想一下。

在苍茫的暮色里,阿辽沙的脸,以及苍白的额头和一眨也不眨的黑眼睛,出乎意外地引得别里亚耶夫想起奥尔迦·伊凡诺芙娜在这件风流韵事最初几页中的模样。他不由得想对男孩亲热一下。

"你过来,小娃娃!"他说,"让我好好看看你。"

男孩从长沙发上跳下来,跑到别里亚耶夫跟前。

"哦,"尼古拉·伊里奇开口说,把手放在他的瘦肩膀上,"怎么样?你过得好吗?"

"怎么跟您说好呢?我们从前的日子过得好多了。"

"为什么呢?"

"很简单!以前我跟索尼雅只学音乐和识字,现在他们却教我们学法国诗了。哦,您最近刚理过发!"

"对,最近理的。"

"我一眼就瞧出来了。您的胡子短一点了。让我摸一摸。……痛吗?"

"不,不痛。"

"为什么揪一根胡子就痛,揪许多胡子反而一点也不痛呢?哈哈!您猜怎么着,您不留络腮胡子可不应该。喏,这些胡子该刮掉,可是这两边的胡子……喏,该留着。……"

男孩依偎着别里亚耶夫,动手玩弄他的表链。

"等我进中学,"他说,"妈妈就会给我买一块怀表。我要央求她也给我买这么一条表链。……这个圆牌牌多么好！爸爸正好也有这么一个圆牌牌,不过您这上头是花纹,他那上头刻着字。……他那圆牌牌中间嵌着妈妈的照片。现在爸爸换了一条表链,不是用小圆圈穿起来的,是一根长带子。……"

"你怎么知道的？莫非你见着爸爸了？"

"我？嗯……没有！我……"

阿辽沙脸红了,心慌意乱,感到自己说谎给人揭穿了,就起劲地抠那个圆牌牌。别里亚耶夫定睛瞧着他的脸,问道：

"你见着爸爸了？"

"没……没有！……"

"不,你得老老实实,凭良心说话。……要知道我从你的脸色看出你在说假话。既然你已经说漏了嘴,那就用不着再遮盖。你说吧：你见着了？好,把我当做朋友,自管说出来吧！"

阿辽沙沉思不语。

"您不会告诉妈妈吧?"他问。

"那自然!"

"您用人格担保?"

"用人格担保。"

"那您起个誓!"

"嗨,这孩子真叫人受不了!你把我当成什么人了!"

阿辽沙回过头去看一眼,睁大眼睛,压低声音说:

"只是看在上帝面上,千万别告诉妈妈。……反正您见了谁都别说,因为这是秘密。求上帝保佑,可别让妈妈知道,要不然,不管是我,还是索尼雅,还是彼拉盖雅,全得遭殃。……好,那您听着。我和索尼雅每星期二和星期五都跟爸爸见面。吃中饭前彼拉盖雅总要带着我们出去散步,我们就乘机到阿普费尔点心店去,爸爸已经在那儿等我们了。……他老是在一个小单间里坐着,您要知道,那儿有一张挺不错的大理石桌子,还有烟灰缸,做成鹅的形状,可就是没有背脊。……"

老　年　集

"你们在那儿干些什么?"

"不干什么!起初我们向爸爸问好,后来就围着小桌坐下,爸爸请我们喝咖啡,吃馅饼。索尼雅,您知道,总爱吃肉馅饼,可我见了肉馅就吃不下!我喜欢吃白菜鸡蛋馅的。我们吃个饱,过后到吃中饭的时候又怕妈妈瞧出来,就死命地多吃。"

"那你们都谈些什么呢?"

"跟爸爸吗?什么都谈。他吻我们,抱我们,讲各式各样有趣的笑话。您知道,他说,等我们长大了,他就带我们到他那儿去住。索尼雅不愿意,可是我答应了。当然,没有妈妈会闷得慌,不过反正我可以给她写信嘛!我的想法也许奇怪,可是我们遇到假日甚至可以去探望她呢,不是吗?爸爸还说,他要给我买一匹马。他可真是个大好人!我弄不懂为什么妈妈不叫他住到我们这儿来,而且不准我们跟他见面。要知道,他很爱妈妈。他老是问我们她身体怎么样,她在干什么。听说她病了,他就照这样抱住头……一个劲儿跑来跑去。他总要我们听她的话,孝敬她。您说,我们真的很不幸吗?"

"嗯。……为什么问这话呢?"

"爸爸就是这么说的。他说,'你们是不幸的孩子。'这话听着简直奇怪。他说,'你们不幸,我不幸,妈妈不幸。'他说,'你们为自己,也为她祷告上帝吧。'"

阿辽沙把目光停在一只剥制过的鸟身上,沉思不语了。

"哦……"别里亚耶夫嘟哝说,"原来你们在干这种事。你们在点心店里聚会。那么妈妈不知道?"

"不知道。……她怎么会知道呢?反正彼拉盖雅任凭怎么样也不会说出来。前天爸爸请我们吃梨来着。可甜了,就跟果子酱一样!我吃了两个。"

"嗯。……哦,这个……你听着,爸爸说起过我吗?"

"说起您?怎么跟您说好呢?"

阿辽沙试探地瞧了瞧别里亚耶夫的脸,耸耸肩膀。

"他没说过什么特别的话。"

"举个例子,他说过什么呢?"

"那么您不会生气?"

"哎,哪儿会!莫非他骂过我?"

"他没骂过,不过,您知道吗……他生您的气。他说,就因为您,妈妈才变得不幸,又说您……把妈妈断送了。是啊,他这个人真是奇怪!我对他解释说,您挺和气,从来也不骂妈妈,可是他一个劲儿摇头。"

"原来他说我把她断送了?"

"是的。您可别生气,尼古拉·伊里奇!"

别里亚耶夫立起来,呆站了一会儿,开始在客厅里走来走去。

"这话又古怪又……可笑!"他嘟嘟哝哝,耸起肩膀,不住地冷笑,"这全怪他自己不对,反而说我断送了她,啊?瞧瞧,好一只无辜的羔羊。原来他对你说过我断送了你母亲?"

"是的,不过……您说过您不会生气的!"

"我没生气,不过……不过这不关你的事!是啊,这……这简直可笑!我自己倒了霉,像一只鸡给扔进了白菜汤,现在反而怪我不对!"

门铃声响了。男孩猛地从坐着的地方跳起来,跑出去。过了一分钟,一个太太带着一个小姑娘走进客厅里来,她就是阿辽沙的母亲奥尔迦·伊凡诺芙娜。阿辽沙跟在她身后,大声唱着歌,蹦蹦跳跳,摆动着双手走进来。别里亚耶夫点一下头,继续走来走去。

"当然了,不把罪名推在我身上,还能推在谁身上?"他喷着鼻子,唠唠叨叨说,"他说得对!他是受了委屈的丈夫嘛!"

"你这是在说什么?"奥尔迦·伊凡诺芙娜问。

"说什么?……你听一听你那位丈夫在散布些什么议论吧!原来我是坏蛋和流氓,断送了你和孩子。你们都不幸,唯独我幸福极了!幸福得不得了,不得了!"

"我不明白,尼古拉!这是怎么回事?"

"那你就听这位小少爷讲一讲吧!"别里亚耶夫说,指了指阿辽沙。

阿辽沙脸红了,随后又忽然变白。他惊恐得面容大变。

"尼古拉·伊里奇!"他压低声音说,可是声音很响,"嘘!"

奥尔迦·伊凡诺芙娜惊讶地瞧瞧阿辽沙,又瞧瞧别里亚耶夫,随后再瞧瞧阿辽沙。

"你问他好了!"别里亚耶夫继续说,"你那个彼拉盖雅,十足的蠢娘们儿,领着他们到点心店去,在那儿安排他们跟亲爹相会。可是问题不在这儿,问题在于他们的亲爹在受苦受难,我呢,却成了流氓,成了恶棍,破坏了你俩的生活。……"

"尼古拉·伊里奇!"阿辽沙哀叫道,"您可是用人格担保过的呀!"

"哎,你走开!"别里亚耶夫挥一下手,"这件事比任何用人格担保过的话都要紧得多！惹得我愤慨的是伪善,是假话!"

"我不懂!"奥尔迦·伊凡诺芙娜说,泪水开始在她眼眶里发亮。"你听我说,阿辽沙,"她对儿子说,"你跟父亲见面了?"

阿辽沙却没听见她的话,他正惊呆地瞧着别里亚耶夫。

"不可能!"母亲说,"我去问一下彼拉盖雅。"

奥尔迦·伊凡诺芙娜走出去了。

"您听着,您不是用人格担保过的吗?"阿辽沙说,周身发抖。

别里亚耶夫对他挥一下手,继续走来走去。他心里满是委屈,尽管那个男孩就在眼前,他却像以前那样根本没把这个孩子放在心上。他是个严肃的大人,完全没有心思顾到孩子。阿辽沙呢,在墙角坐下,心惊胆战地告诉索尼雅,他怎样遭到了欺骗。他浑身发抖,说话结巴,不住流泪。这是他生平第一次那么难堪地面对面碰到了虚伪,以前他从来也不知道在这个世界上,除了甜梨、馅饼、贵重的怀表以外,还有许多在孩子的语言里叫不出名字的东西。

关 于 爱 情

第二天吃早饭的时候,仆人端来很可口的小馅饼、虾、羊肉排;我们正吃着,厨师尼卡诺尔走上楼来,问客人们中饭想吃什么菜。这个人中等身材,胖胖的脸,小小的眼睛,胡子刮光,看上去他的唇髭好像不是剃掉而是拔掉的。

阿列兴说美丽的彼拉盖雅爱上了这个厨师。由于他是个酒徒,脾气暴躁,她就不愿意嫁给他,只同意这样同居下去。他呢,笃信上帝,宗教信仰不允许他照这样同居下去;他要求她嫁给他,要不然就不肯再同居;

每逢他喝醉了酒,他总是骂她,甚至打她。他喝醉酒的时候,她就躲到楼上去哭,于是阿列兴和仆人们就不走出家门,为的是在必要的时候好保护她。

大家开始谈到爱情。

"究竟爱情是怎样产生的,"阿列兴说,"为什么彼拉盖雅不爱上另外一个在内心和外貌方面更配得上她的人,却偏偏爱上尼卡诺尔这个丑八怪(我们这儿大家都叫他丑八怪),个人幸福的问题在爱情里究竟重要到什么程度,这都不得而知,关于这一切,要怎样解释就可以怎样解释。到目前为止关于爱情,只有一句话可以算得上是无可辩驳的真理:'这是个极大的秘密',至于此外人们关于爱情所写和所说的话,那都不成其为答案,只是把至今得不到解决的问题提出来罢了。某种解释看来似乎适合某一种情况,然而却不适合另外十种情况,依我看来,最好是对每一种情况分别加以解释,不要一概而论。像医生们所说的那样,每个情况应该分别处理。"

"完全正确。"布尔金同意道。

"我们这些俄国的正派人对这些至今没有得到解决的问题却有一种偏爱。通常人们美化爱情,给它装点上玫瑰和夜莺,而我们俄国人却用那些要命的问题来装点它,而且所选择的往往是其中最没有趣味的问题。当初在莫斯科,我还是个大学生的时候,我有过一个生活伴侣,一个可爱的女人,每一次我把她搂在怀里,她心里却在想我一个月会给她多少钱,现在一俄磅①牛肉卖什么价钱。同样,我们爱着别人的时候,也不断地给自己提出问题:这样做是不是正直,是聪明还是愚蠢,这场恋爱会闹到什么下场,等等。这种情形是好还是不好,我不知道,不过这会败人的兴,使人不满足,惹得人生气,这我却是知道的。"

看样子他像是要讲一件事。凡是生活孤独的人,心里总是藏着点什么,很想一吐为快。在城里,单身汉

---

① 俄国采用公制前的重量单位,1俄磅等于409.5克。

往往特意到澡堂或者饭馆里去,目的仅仅在于谈天,有的时候会把很有趣的事情讲给澡堂工人或者堂倌听,而在乡下,他们照例是在客人面前吐露他们的衷曲。此刻,从窗口望出去只看得见灰色的天空和被雨水淋湿的树木,在这样的天气是没有地方可去的,而且也没有什么别的事情可做,只有讲话和听别人讲话了。

"我在索菲诺住下来经营田产,已经很久了,"阿列兴讲开了头,"自从大学毕业以后一直到现在。按我所受的教育来说,我不是个从事体力劳动的人,按我的素质来说,我喜欢坐在书斋里工作,然而当初我到这儿来的时候,这个田庄已经欠了一大笔债;我父亲借债,其中一部分原因是,在我的教育方面花了很多钱,所以我就决定不走,就在这儿工作,直到债务还清为止。我作了这样的决定,就开始在此地工作,不过说老实话,心里未尝不感到厌恶。这儿的土地出产不多,为了使农业经营不致赔钱,就得利用农奴或者雇农的劳动,而这两种情况差不多是一样的,要不然,就得照农民的做法来经营我的田产,也就是亲自下地干活,带着全家人一起干。中间道路是没有的。不过那时候我没有考虑得这样仔细。我连一小块土地也没有放过,我把附近村子里所有的农民和农妇都找来,我这儿的工作就热火朝天地干开了;我自己也耕地、播种、收割,同时又觉得乏味,厌恶地皱起眉头,好比乡下那种饿得发慌、溜进菜园里去吃黄瓜的猫;我浑身酸痛,一边走路,一边就睡着了。起初我以为我能够很容易地使得这种劳动生活和我的文明的习惯同时并存;我想,要做到这一点只要在生活里保持一种外部的秩序就行了。我在楼上的正房里住下来,吩咐仆人在早饭和午饭以后给我送咖啡来,咖啡里加上蜜酒,晚间我上床躺下以后就看《欧洲通报》①。可是有一天我们的教士伊凡神甫来到,一下子把我的蜜酒都喝光了,《欧洲通报》也给神甫的那些女儿拿了去。在夏天,特别是在割草的季节,

---

① 当时在彼得堡出版的一种俄国资产阶级自由派文学与政治月刊。

我没有工夫回到家里上床睡觉,往往就在板棚里,在雪橇上,或者在哪个守林人的小屋里睡上一觉,这样一来,怎么还谈得上看书呢?渐渐地,我搬到楼下来住,开始在仆人的厨房里吃饭了;我往日的奢侈生活就此完结,保留下来的只有当年伺候过我父亲的这些仆人,我不忍心辞退他们。

"我在这儿住了没有几年,就被选为当地的荣誉调解法官。有时候我得坐车到城里去参加调解法官会审法庭和地方法庭的审讯,这倒能使我散一下心。在此地一连住上两三个月而不到外地去,特别是在冬天,那么最后人就会想念黑色的礼服了。在地方法院里既有礼服,又有制服,还有燕尾服,大家都是受过一般教育的法律工作人员,要谈天也可以找到伙伴。平时在雪橇上睡觉,在仆人的厨房里吃饭,这时候却坐在圈椅里,身穿干净的衬衣,脚登轻便的靴子,胸前挂着表链,那是多么惬意啊!

"在城里,人们亲热地接待我,我也乐于结交。在所有的熟人当中,跟我交情最好,而且说实话,也最跟我合得来的,就是地方法庭的副庭长卢加诺维奇。你们俩都认得他,这是个极可爱的人。我们之间的结交是在审完那个著名的纵火案以后开始的,审讯连续进行了两天,我们都累了。卢加诺维奇瞧着我,说:

"'您听我说,到我家里吃饭去吧。'

"这是出人意料的。因为我跟卢加诺维奇相交还浅,只是公事上的接触罢了,我一次也没有到他家里去过。我连忙回到旅馆里,换了一身衣服,就赶去吃饭。在那儿我有机会认识了卢加诺维奇的妻子安娜·阿历克塞耶芙娜。那时候她还很年轻,不过二十二岁,半年以前刚生过头一个孩子。这是过去的事了,现在要我说明她究竟有什么与众不同的、惹我喜欢的地方,我也说不清了,可是当时,吃饭的时候,我却是十分清楚的;我看到了一个年轻的、漂亮的、善良的、有知识的、迷人的女人,一个我早先没有碰到过的女人;我立刻觉得她是一个亲近的、早已熟识的人,仿佛那张脸,那对殷勤而聪明的眼睛,我以前小时候在我母亲的五屉柜上放着的那本照片簿上已经见过似的。

"在那个纵火案里,被告是四个犹太人,人们认定他们是同谋犯,而依我看来这是完全没有根据的。吃饭的时候我很激动,很痛心,现在我记不得我讲过一些什么话了,只是安娜·阿历克塞耶芙娜不住地摇头,对她的丈夫说:

"'德米特利,怎么会这样的呢?'

"卢加诺维奇是个好心肠的、朴实的人,像这样的人坚定地抱着一种看法,认为人一旦受审,那就必定是有罪,谁对判决的公正有所怀疑,谁就只能按照法定手续用书面提出,而万万不能在吃饭时候,在私人间的闲谈里表达出来。

"'我和您没有放过火,'他温和地说,'所以您瞧,我们就没有受审,没有关进监狱啊。'

"他们夫妇俩极力要我多吃一点,多喝一点;从一些小事上,比方说从他们俩一起烧咖啡,他们彼此只要说半句话就能互相会意的情形看来,我可以推断他们生活得融洽、和睦,喜欢招待客人。饭后他们俩一起弹钢琴,后来天黑下来,我就回去了。这是在早春时节。后来整个夏天我都是在索菲诺度过的,不曾离开过,我连想一想城里的工夫都没有,然而在那些日子里,那个身材苗条的金发女人的形象却一直跟我在一起;我没有想她,可是她那轻盈的影子却印在我的心上了。

"到了晚秋,城里举行了一次为慈善事业募捐的戏剧演出。我走进省长的包厢(我是在幕间休息的时候被邀请到那儿去的),一眼看见安娜·阿历克塞耶芙娜跟省长夫人坐在一起,于是那美丽的模样,那对亲切可爱的眼睛又对我产生不可抗拒的、使人震动的印象,产生了那种亲近的感觉。

"我们并排坐着,后来就走到休息室里去了。

"'您瘦了,'她说,'您生过病吧?'

"'对了。我的肩膀受了寒,到下雨天我就睡不好觉。'

"'您好像没精神的样子。春天您来吃饭的时候要显得年轻得多,也活泼得多。那一回您精神振奋,讲了许多话,十分有趣,老实说,我简直有点给您迷住了。不知什么缘故,这个夏天我常常想起您,今天我动身到剧院里来的时候,就觉得我一定会见到您。'

"说着,她笑了。

"'可是今天您好像没精神的样子,'她又说一遍,'这就使得您显老了。'

"第二天我在卢加诺维奇家里吃早饭,饭后他们坐车到他们的别墅里去料理一下在那里过冬的事,我跟他们一起去了。我又随同他们回到城里,午夜在他们那儿,在安静的家庭环境里喝茶,壁炉生上了火,年轻的母亲老是走出去看一下她的女儿睡熟没有。这以后,我每次进城就一定要到卢加诺维奇家里去。他们跟我处熟了,我也跟他们处熟了。我照例不经仆人通报就走进去,就像他们家里的人一样。

"'谁啊?'远处一个房间里传来柔和的说话声,我听起来十分悦耳。

"'是巴威尔·康斯坦丁内奇来了。'女仆或者奶妈回答说。

"安娜·阿历克塞耶芙娜总是带着忧虑的神色出来见我,每一次都要问:

"'为什么您这么久没有来?出了什么事吗?'

"她的目光、她那只向我伸过来的优美高贵的手、她那件家常穿的连衣裙、她的发型、她的说话声、她的脚步声,每一次都在我的心里留下崭新的、在我的生活里不同寻常的、了不起的印象。我们常常谈得很久,也常常沉默很久,各人想各人的心思,要不然她就给我弹钢琴。要是他俩都不在家,那么我就留下来等着,跟奶妈闲谈,跟孩子玩耍,或者到书房里去,躺在一张土耳其式的长沙发上看报;等到安娜·阿历克塞耶芙娜回来,我就到前厅里去迎接她,从她手里接过来她所买的种种东西,不知什么缘故每一次我都像小孩子那样满心热爱、得意洋洋地抱着那些包裹。

老 年 集

"有一句俗话说:乡下娘们儿没有操心事,就买口小猪来养着,自找麻烦。卢加诺维奇家的人本来没有操心的事,他们就跟我交上了朋友。要是我很久没有到城里去,那一定是我生病了,或者出了什么事,他们俩就十分担心。他们看到我这样一个受过教育、通好几国语言的人不从事科学或者文学工作,却住在乡下,像踩着轮子的松鼠那样忙个不停,干很多的活,却老是穷得连一个小钱也没有,心里总感到不是滋味。他们以为我很郁闷,如果我说话,发笑,吃东西,那也只是为了掩盖我的痛苦,甚至在我快活的时候,在我情绪畅快的时候,我也感觉到他们的追根究底的眼光在盯着我。每逢我真的心情沉重,某个债主把我逼得很紧,或者我的钱不够,无法支付到期的欠款时,他们总是特别使人感动。夫妇俩走到窗口去交头接耳,商量一阵,然后他走到我面前来,带着严肃的神色说:

"'如果您,巴威尔·康斯坦丁诺维奇,眼前缺钱用,那么我和我的妻子请求您不要客气,把我们的钱拿

去用吧。'

"他激动得耳朵都涨红了。有一回,他也像那样在窗口和妻子交头接耳地商量一阵以后,就走到我跟前来,耳朵发红,说:

"'我和我的妻子恳切地要求您收下我们的这点礼物。'

"他就拿给我一副袖扣,一个烟盒,或者一盏灯;为此我也从乡下派人把打死的飞禽、牛油、花束给他们送去。顺便提一句,他们俩很有钱。当初我常常向别人借钱,而且不大选择对象,哪儿借得到就在哪儿借,然而任什么力量也不能促使我向卢加诺维奇夫妇借钱。可是何必谈这些呢!

"我心里很苦。不论在家里也好,在田野上也好,在板棚里也好,我总是想着她,我极力要了解这个年轻、美丽、聪明的女人的秘密,她怎么会嫁给一个枯燥乏味、几乎是个老头儿的人(她的丈夫已经四十多岁了),还跟他生下了孩子;我也极力要了解那个枯燥乏味的人,那个好心肠、朴实的人的秘密,他总是讲些没趣味的老生常谈,在舞会和晚会上总是挨近那些稳重的人,没精打采,显得是个多余的人,脸上现出温顺、冷漠的神情,仿佛是人家把他运到这儿来出售似的,而他却相信他有权利享受幸福,有权利跟她生孩子;我苦苦地要了解为什么她遇见的恰恰是他而不是我,为什么我们的生活里必须产生这样可怕的错误。

"我每一次到城里去,总是从她的眼神看出来她在盼望我;她自己也对我承认说,从早晨起她就有一种特别的感觉,她料着我要去了。我们谈了很久,沉默了很久,可是我们彼此之间没有说穿我们的爱情,而是胆怯地、严密地把它掩盖起来。我们害怕那些足以泄露我们的秘密的事情。我温柔而深切地爱着她,可是我左思右想,问我自己,如果我们没有足够的力量克制我们的爱情,那么这种爱情会导致什么样的后果;我难以想象,我这种温柔、忧郁的爱情会突然粗暴地破坏她丈夫、她孩子、她一家的幸福生活,而他们是十分爱我,十分信任我的。这样做正当吗?她固然会跟着我走,可是走到哪儿去呢?我能把她带到哪儿去呢?假如我过着美好、有趣的生活,比方说,假如我在为祖国的解放战斗,或者是个著名的学者、演员、画家,倒也罢了,可是照眼前的情形看来,这无非是把她从一个普通而平庸的环境里拉到另一个同样平庸,或者更平庸的环境里去罢了。而且我们的幸福能够维持多久呢?万一我害病了,死了,或者干脆我们不再相爱了,那她怎么办呢?

"她显然也在这样考虑。她想到她的丈夫,想到她的孩子,想到她那爱女婿如同爱儿子一样的母亲。如果她放任她的感情,那么,她就得要么说谎,要么说实话,然而处在她的地位这两种办法是同样可怕而不相宜的。此外还有一个问题在折磨她:她的爱情会给我带来幸福吗?她的爱情是否会把我这种本来已经沉重的、充满种种不幸的生活弄得更加复杂?她觉得:自己已经不够年轻,跟我不相配,要开始一种新的生活,她也不够刻苦,而且精力也不足。她常对她丈夫说,我需要娶一个聪明贤德的姑娘,做我的好主妇和助手,不过她又立刻补充说,像这样的姑娘全城未必找得到一个。

"一晃就过了好几年。安娜·阿历克塞耶芙娜已经有两个孩子了。每逢我到卢加诺维奇家里去,女仆就殷勤地微笑,孩子们嚷着说巴威尔·康斯坦丁内奇叔叔来了,搂住我的脖子,大家都欢欢喜喜。他们不明白我的心情,以为我也高兴。大家把我看作一个高尚的人。大人也好,孩子也好,都感到有一个高尚的人在房间里走动,这就给他们对我的态度添上一种特别的魅力,仿佛我一来,连他们的生活也纯洁多了,美丽多了似的。我和安娜·阿历克塞耶芙娜常常一块儿到剧院去,每一次都是走着去的;我们并排坐在池座里,肩膀挨着肩膀,我默默地从她的手里接过望远镜来,同时感觉到她贴近我,她是我的,把我们拆散是不行的,可是由于一种古怪的误会,我们走出剧院以后却像陌生人那样互相道别,分手。关于我们,城里人已经议论纷纷,天晓得他们说了些什么话,不过,他们所说的话没有一句是真的。

"随后那几年,安娜·阿历克塞耶芙娜常常出门,有时候到她母亲那儿去,有时候到她妹妹那儿去;她常常心绪恶劣,对生活感到不满意,觉得生活已经毁了,在这种时候她就不愿意看到她的丈夫,她的子女。她已经在医治神经衰弱症了。

"我们沉默着,始终沉默着;有外人在场,她总是对我生出一种奇怪的反感;不管我说什么,她老是不同意我的话;如果我在争论,她就站到我的对方那一边去。我失手弄掉了什么东西,她就冷冷地说:

"'我给您道喜。'

"如果我跟她一起到剧院里去,却忘了带望远镜,她事后就会说:

"'我早就知道您会忘记。'

"不知是幸运还是不幸,总之在我们的生活里没有一件事情不是或迟或早要结束的。离别的时刻到了,因为卢加诺维奇奉派到西部的一个省里去做法庭的庭长了。家具、马车、别墅都必须卖掉。我们坐车到他们的别墅里去,以及后来往回走,频频回头,最后看几眼花园和绿色房顶的时候,大家都觉得凄凉,我心里明白:事到如今,我要告别的不仅仅是这个别墅了。大家已经做出决定,到八月底我们要把安娜·阿历克塞耶芙娜送到克里米亚①去,那是医生要她去的;不久以后,卢加诺维奇就要带着孩子们到西部那个省里去了。

"我们一大群人去给安娜·阿历克塞耶芙娜送行。等到她已经跟她的丈夫和孩子告别,离开摇第三遍铃还有一点点时间,我跑进她的包房,为的是把她差点忘掉的一个筐子放到行李架上去;而且也需要告别。临到在这儿,在这个包房里,我们的眼光碰到一起,我们俩都失去了原有的精神力量,我搂住她,她把脸贴在

---

① 俄国南部一个疗养地。

我的胸口上,眼泪从她的眼睛里流下来;我吻她的脸、肩膀、沾着泪痕的手,啊,我跟她是多么不幸啊!我对她说穿,我爱她。我心里怀着燃烧般的痛苦明白过来:所有那些妨碍我们相爱的东西是多么不必要,多么渺小,多么虚妄啊。我这才明白过来:如果人在恋爱,那么他就应当根据一种比世俗意义上的幸福或不幸、罪过或美德更高、更重要的东西来考虑这种爱情,否则就干脆什么也不考虑。

"我最后吻她一下,握一下她的手,我们就分别了,从此不再相见。火车已经开了。我坐在隔壁一个包房里(那儿空着没人),在那儿一直哭到火车开到下一站。然后我就步行回到索菲诺村。……"

在阿列兴讲话的时候,雨已经停住,太阳出来了。布尔金和伊凡·伊凡内奇走出去,站在阳台上,从那儿可以看见花园和眼前在阳光里如同镜子一样发光的水面的美景。他们欣赏着,同时惋惜这个生着善良聪明的眼睛、坦诚地对他们叙述往事的人真的在这儿,在这个大庄园里转来转去,像松鼠踩着轮子那样忙碌着,却不去干科学工作或者别的什么工作,使他的生活变得愉快些;他们想到他在包房里同她告别,吻她的脸和肩膀的时候,那个年轻的女人的神情该多么悲伤。他们俩都在城里看到过她,布尔金甚至跟她相识,认为她长得很美。

老　年

　　五等文官建筑师乌节尔科夫到达了他故乡的城里。他受聘到这儿来修复墓园的教堂。他原是在这个城里出生、读书、长大、结婚的,可是临到他下火车,却几乎认不得它了。一切都变了样子。……比方说,十八年前他搬到彼得堡去的时候,现在火车站的所在地,原是男孩们捉黄鼠的地方。如今大街路口上矗立着四层楼的"维也纳旅馆",那时候这儿却只伸展着一道难看的灰色围墙。然而围墙也罢,房屋也罢,都不及人的变化大。乌节尔科夫向旅馆里的茶房打听了一下,这才知道他所记得的人倒有半数以上已经死掉、落魄、被人忘却了。

"你记得乌节尔科夫吗?"他向年老的茶房问起他自己,"乌节尔科夫,建筑师,跟他妻子离了婚的。……在斯维烈别耶夫街上还有过他的一所房子。……你总该记得吧!"

"我不记得了,先生。……"

"咦,怎么会不记得! 当时那是个闹得满城风雨的案子,就连出租马车的车夫都知道。你想想看! 那是由诉讼代理人沙普金那个骗子经办的……他是个有名的骗子,就是在俱乐部里挨过打的那个人。……"

"伊凡·尼古拉伊奇吗?"

"嗯,是啊,是啊。……怎么样,他活着吗? 死了?"

"他活着,先生,谢天谢地。他老人家现在做公证人,开办一家事务所。他老人家过得挺好。在基尔皮奇尼街上置下两所房子。不久前把女儿嫁出去了。……"

乌节尔科夫在房间里从这个墙角走到那个墙角,思忖一阵,由于闷得慌而决定去探望沙普金。他从旅馆里走出来,缓步往基尔皮奇尼街走去,那是中午时分。他在事务所里碰见沙普金,几乎认不得他了。沙普金原先是个身材匀称、动作敏捷的诉讼代理人,面相活泼,厚颜无耻,醉醺醺的,现在却变成一个谦和、白发、衰弱的老人了。

"您不认得我,忘记我了……"乌节尔科夫开口说,"我很久以前委托您打过官司,姓乌节尔科夫。……"

"乌节尔科夫?哪一个乌节尔科夫?哦!"

沙普金想起来了,认出他来,愣住了。接着就是惊叹,问讯,回忆。

"这可意想不到!这可意想不到啊!"沙普金连声叫道,"该拿什么来款待您呢?您愿意喝香槟酒吗?也许您想吃牡蛎吧?我的好朋友,当初我从您手里先后拿过那么多钱,现在我都不知道该挑选什么东西来款待您了。……"

"请您不必费心,"乌节尔科夫说,"我没有工夫。我马上就要到墓园去,看看那个教堂。我接受了修复教堂的工作。"

"好极了!我们吃点东西,喝点酒,然后一块儿去。我有几匹好马!我送您去,再介绍您跟教堂的长老认识……我会把一切都安排妥当。……可是您怎么了,天使?好像您躲着我,怕我似的。您坐近一点嘛!现在已经用不着害怕。……嘻嘻。……从前我确实是个狡猾的家伙,骗钱的能手……谁也不敢走到我跟前来,可是现在我却比水还要安静,比草还要低下。我老了,成了家……有儿女了。到死的时候了!"

两个朋友吃完东西,喝完酒,坐上一辆双套马的雪橇,到城外的墓园去。

"是啊,那时候可真有意思!"沙普金在雪橇上坐着,回忆道。"我回想起来,简直不能相信。您还记得您是怎样跟您太太离婚的吗？事情几乎已经过去二十年,恐怕您已经完全忘记了,可是我都记得,就像昨天才给你们办离婚手续似的。上帝啊,那时候我费过多少心血！当时我是个狡猾的家伙,强词夺理,故意刁难,坏透了。……那时候我一心想办个棘手的案子,特别是报酬丰厚的话,比方说,像您要我经办的那种案子。那时候您给过我多少钱？五六千！是啊,那怎么能不费点心血呢？当时您到彼得堡去了,把整个案子都丢给我:随你去办吧！您那位现在已经去世的太太索菲雅·米海洛芙娜,虽说出身于商人家庭,却性情高傲,自尊心强。要收买她,让她把罪名揽在自己身上,是困难的……困难极了！那时候我到她家谈判,她见到我就对使女嚷道:'玛霞,我可是吩咐过你,不准放坏蛋进来！'我就想出这个办法,想出那个办法……又给她写信,又极力找机会同她见面,可是都没用！我只好转托第三者出面办事。我跟她闹腾了很久,一直到您答应给她一万,她才让步。……她抵不住那一万,软下来了。……她哭起来,对着我的脸吐唾沫,可是她同意了,她承担罪名了!"

"好像她从我这儿拿去的不是一万,而是一万五。"乌节尔科夫说。

"是的,是的……一万五,我弄错了!"沙普金慌张地说,"不过,这都是过去的事,有罪过也不用隐瞒。我给了她一万,余下的五千就放到我的腰包里去了。我欺骗了你们两个人。……这是过去的事,也用不着害臊了。……况且,您想想看,包利斯·彼得罗维奇,我不赚您的钱还赚谁的钱?……您是个阔人,衣食饱足。……您吃饱了没事干而娶亲,后来又吃饱了没事干而离婚。您发了大财。……我记得,您单是包下一项工程,就捞到两万。那么不挖您的腰包还挖谁的腰包呢?再者,老实说,我瞧着眼热。……您捞了油水,人家见到您倒要脱帽鞠躬,可是我呢,往往挣一个卢布就要挨打,而且在俱乐部里我常挨人家的耳光。……哎,何苦去回想这些!现在也该忘掉这些了。"

"劳驾,请您说说看,索菲雅·米海洛芙娜后来生活得怎样?"

"拿到一万以后吗?糟糕得很。……上帝才知道她是怎么回事,也许她昏了头,也许良心和自尊心折磨她,因为她贪财而出卖了自己,也许她爱您也未可知,总之,您要知道,她喝起酒来了。……她拿到钱,就跟军官们坐着三套马的马车在外面兜风。酗酒啊,玩乐啊,放荡啊。……她跟军官们一块儿到饭馆去,嫌波尔图①或者淡点的酒不过瘾,总要喝顶凶的白兰地,喝得浑身发烧,昏头昏脑才甘休。"

"是的,她脾气古怪。……我也受够了。有时候她为一件什么事怄了气,就闹起来。……那么后来怎样呢?"

"过了一个星期,两个星期……我正坐在家里写东西,忽然房门开了,她走进来……醉醺醺的。她说:

---

① 一种比较浓烈的葡萄酒。

'您把那些该死的钱收回去吧！'她说着就把一沓钞票往我脸上扔过来。可见她受不住了！我拾起钱来,点了点数目。……缺了五百。她玩玩乐乐一共才花掉了五百。"

"那么这笔钱您怎么处置了？"

"那是过去的事……也用不着隐瞒。……当然,都归我自己了！您干吗这样瞅着我？您等着听一听后来发生的事吧。……那是一篇地地道道的长篇小说,变态心理学！大约过了两个月,有一天晚上我喝醉酒回到家里,心情恶劣。……我点上灯,一看,不料索菲雅·米海洛芙娜在我房间里的长沙发上坐着,她也喝醉了,心绪烦乱,带点野气,好像是从贝德拉木①逃出来似的。……她说：'您把我的钱还给我,我改主意了。既是走下坡路,就索性放开步子往下走,走到底吧！快点,混蛋,把钱给我！'她那样儿真不像话！"

---

① 伦敦的一个疯人院。

"那么您……给她了吗?"

"我记得我给了十卢布。……"

"嗨,怎么能这样呢?"乌节尔科夫皱起眉头说,"要是您自己不能给她,或者不愿意给她,您尽可以写信给我啊。……可我一点也不知道!啊?我一点也不知道!"

"我的好朋友,何必由我来写信呢?后来她住在医院里,她自己不是给您写过信吗?"

"不过当时我正为新的婚事忙碌不堪,晕头转向,没顾得上给她写信。……然而您是局外人,您对索菲雅没有恶感……为什么您不伸出手去帮助她呢?"

"您不能用现在的尺度来衡量那时候的事情,包利斯·彼得罗维奇。现在我们是这样想,可是当时的想法却完全不同。……现在,或许,我甚至能给她一千,可是那时候就连那十卢布……也不是白白给她的。那真是丑事!应该把它忘掉才对。……不过,喏,我们到了。……"

老 年 集

雪橇在墓园门口停下来。乌节尔科夫和沙普金下了雪橇,走进门,顺着一条漫长宽阔的林荫道往前走去。枝叶脱落的樱桃树和洋槐树,灰色的十字架和墓碑,都披着重霜而颜色银白。每颗小小的雪粒上都映着明亮晴朗的白昼。四下里弥漫着墓园里常有的气味:神香和新刨开的泥土味。……

"我们的墓园很不错,"乌节尔科夫说,"完全是个花园!"

"是的,然而可惜,墓碑被贼偷走了。……喏,索菲雅·米海洛芙娜就埋在那边,在右面那个铁纪念像后边。您愿意去看一下吗?"

两个朋友就往右拐弯,踏着深深的积雪,往纪念像走去。

"就在这儿……"沙普金指着一块小小的白色大理石墓碑说。"有个准尉在她的坟上立下这块墓碑。"

乌节尔科夫慢慢地脱掉帽子,迎着太阳亮出他的秃顶。沙普金学他的样,也脱掉帽子,于是另一个秃顶迎着太阳发亮。四下里是坟墓般的寂静,好像空气也死了似的。两个朋友瞅着那块墓碑,默默不语,思索着。

"她沉睡了!"沙普金打破沉默说,"她承担过罪名也罢,喝过白兰地也罢,如今在她已经无所谓了。这您得承认,包利斯·彼得罗维奇!"

"承认什么?"乌节尔科夫阴郁地问道。

"承认……不管过去多么可憎,总比这个强。"

沙普金指指他的白头发。

"以前我甚至从没想到过死。……我心想,即使遇上死亡,它也奈何我不得,可是现在……哎,说这些有什么意思呢!"

乌节尔科夫满心的忧郁。他忽然想哭一场,热切地想哭,就像从前热切地渴望爱情一样……而且他觉得,他哭一场就会觉得轻松些,痛快些。他的眼睛湿润了,他的喉咙里已经哽着一块软东西,可是……沙普金在他身旁站着,乌节尔科夫不好意思让外人看见他软弱。他就猛的回转身,往教堂走去。

直到过了大约两个钟头,他同教堂主事接洽过而且查看过教堂以后,他才抓个空儿趁沙普金同司祭谈得起劲,想独自一人跑出来哭一场。……他悄悄溜到墓碑那边,像做贼似的,随时回头张望。那块小小的白色墓碑沉思而忧郁地瞧着他,显得那么纯朴,仿佛下面躺着的是个少女,而不是他那放荡的、离了婚的妻子。

"哭吧,哭吧!"乌节尔科夫暗想。

可是痛哭的时机已经错过。不管这个老人怎样眨巴眼睛,不管他怎样勾起要哭的心情,可是眼泪却没流出来,喉咙里也没哽着什么东西。……乌节尔科夫呆站了十分钟光景,摇一下手,走去找沙普金了。

挂在脖子上的安娜

一

婚礼以后,就连清淡的凉菜也没有;新婚夫妇各自喝下一杯酒,就换上衣服,坐马车到火车站去了。他们没有举行欢乐的结婚舞会和晚餐,没有安排音乐和跳舞,却到二百俄里以外参拜圣地去了。许多人都赞成这个办法,说莫杰斯特·阿列克谢伊奇已经身居要职,而且年纪也不算轻,热闹的婚礼或许不大相宜了。再者,一个五十二岁的官吏跟一个刚满十八岁的姑娘结婚,音乐就叫人听着乏味了。大家还说:莫杰斯特·阿列克谢伊奇是一个循规蹈矩的人,其所以想出到修道院去旅行一趟,是特意要让年轻的妻子知道:就连在婚姻中,他也把宗教和道德放在第一位。

人们纷纷到车站去给这对新婚夫妇送行。一群亲戚和同事站在那儿,手里端着酒杯,专等火车一开就嚷"乌拉",新娘的父亲彼得·列昂契奇戴一顶高礼帽,穿着教员制服,已经喝醉,脸色很苍白,不住地端着酒杯向窗子那边伸过头去,恳求地说:

"阿纽达①!阿尼娅②,阿尼娅!有一句话要跟你说!"

阿尼娅在窗口弯下腰来凑近他,他就凑着她的耳朵小声说话,用一股酒臭气熏着她,用呼出来的气吹着她的耳朵,结果她什么也听不明白。他在她脸上、胸上、手上画十字,同时他的呼吸发颤,眼泪在他眼睛里

---

①② 安娜的爱称。

发亮。阿尼娅的兄弟,那两个中学生,彼佳和安德留沙,在他背后拉他的制服,用忸怩的口气悄悄说:

"爸爸,够了……爸爸,别说了……"

火车开了,阿尼娅看见她父亲跟着车厢跑了几步,脚步踉跄,他的酒也洒了,他的脸容多么可怜、善良、惭愧啊。

"乌——拉!"他嚷道。

现在只剩下这对新婚夫妇在一起了。莫杰斯特·阿列克谢伊奇瞧一下车室,把东西放到架子上去,在年轻的妻子对面坐下来,微微笑着。他是个中等身材的官吏,相当丰满,挺胖,保养得很好,留着长长的络腮胡子,却没留上髭。他那剃得光光、轮廓鲜明的圆下巴看上去像是脚后跟。他脸上最有特色的一点是没有唇髭,只有光秃秃的、新近剃光的一块肉,那块肉渐渐过渡到像果冻一样颤抖的肥脸蛋上去。他风度尊严,动作从容,态度温和。

"现在我不由得想起一件事情来了,"他微笑着说,"五年前柯索罗托夫接受二等圣安娜勋章,去向大人道谢的时候,大人说过这样的话:'那么您现在有三个安娜了:一个挂在您的纽扣眼上,两个挂在您的脖子上。'这得说明一下。当时柯索罗托夫的太太,一个爱吵架的轻佻女人,刚刚回到他家里来,她的名字就叫做安娜。我希望等我接受二等安娜勋章的时候,大人不会有理由对我说这种话。"

他那双小眼睛微笑着。她也微笑,可是一想到这个人随时会用他那粘湿的厚嘴唇吻她,而且她没有权利拒绝,就觉着心慌。他那胖身子只要微微一动,就会吓她一跳;她觉得又可怕又恶心。他站起来,不慌不忙地从脖子上取下勋章,脱掉上衣和坎肩,穿上长袍。

"这样就舒服一点了。"他在阿尼娅身边坐下来说。

她想起参加婚礼的时候多么痛苦,那时候她觉着不管司祭也好,来宾也好,总之,教堂里所有的人都忧愁地瞧着她,暗自问着:这么一个可爱的漂亮姑娘为什么,究竟为什么嫁给这么一个没有趣味、上了岁数的人呢?只不过那天早晨,她还因为一切布置得很好而高兴,可是后来在举行婚礼的时候,现在坐在火车车厢里的时候,她却觉着做错了事,上了当,荒唐可笑了。现在她跟一个阔人结婚了,可是她仍旧没有钱,她的结婚礼服是赊账缝制的。今天她父亲和弟弟来给她送行,她从他们的脸容看得出他们身边连一个小钱也没有。今天他们有晚饭吃吗?明天呢?不知什么缘故她觉着眼下她不在家,她父亲和那两个男孩坐在家里正在挨饿,而且跟母亲下葬后第一天傍晚那样感到凄凉。

"啊,我是多么不幸!"她想,"为什么我那么不幸啊?"

莫杰斯特·阿列克谢伊奇是个庄重的、不惯于跟女人打交道的人,他挺别扭地搂一搂她的腰,拍一拍她的肩膀。她却想着钱,想着母亲,想着母亲的死。她母亲去世以后,她父亲彼得·列昂契奇,一个中学里的图画和习字教员,喝上了酒,紧接着家里就穷了。男孩们没有皮靴和雨鞋穿,她父亲给拉到调解法官那儿去,有一个法警跑来把家具列了清单……多么丢脸啊!阿尼娅只得照料喝醉的父亲,给弟弟补袜子,上市场。遇到有人称赞她年轻漂亮,风度优雅,她就觉着全世界都在瞧她的便宜的帽子和靴子上用墨水染过的窟窿。每到夜里她就哭,心里充满不安的、摆脱不掉的思想,老是担心她父亲很快就会因为他的嗜好而被学校辞退,那他会受不了,于是也跟母亲一样死掉。可是后来他们所认识的一些太太们出头张罗起来,开始替阿尼娅找一个好男人。不久她们就找到了这个莫杰斯特·阿列克谢伊奇,既不年轻,也不好看,可是有钱。他在银行里大约有十万存款,还有一个租赁出去的祖传的田庄。这个人规规矩矩,很得上司的赏识。人家对阿尼娅说,要他请求大人写封信给中学校长,甚至给督学,以免彼得·列昂契奇被辞掉,那在他是很容易办到的……

她正在回想这些事,却忽然听见音乐声飘进窗口来,掺杂着嗡嗡的说话声。原来火车在一个小车站上停住了。月台后面的人群里,有一个手风琴和一个吱嘎吱嘎响的便宜提琴正在奏得热闹,军乐队的声音从高高的桦树和白杨后面,从浸沉在月光中的别墅那边传来。别墅里一定在开跳舞晚会。别墅的住客和城里人遇到好天气,总要到这儿来透一透新鲜空气,如今他们正在月台上走来走去。这当中有一个人是所有的消夏别墅的房东,富翁,他是一个又高又胖的黑发男子,姓阿尔狄诺夫。他生着暴眼睛,脸长得像亚美尼亚人,穿一身古怪的衣服。他上身穿一件衬衫,胸前没系扣子,脚上穿一双带马刺的高筒靴,一件黑斗篷从肩膀上耷拉下来,拖在地上像长后襟一样。两条猎狗跟在他身后,用尖鼻子嗅着地面。

眼泪仍旧在阿尼娅的眼睛里闪亮,可是她现在不再回想她母亲,不再想到钱,不再想到她的婚事了。她跟她认得的中学生和军官们握手,欢畅地微笑着,很快地说:

"你们好!生活得怎么样?"

她走出去,站在两个车厢中间的小平台上,让月光照着她,好让大家都看见她穿着漂亮的新衣服,戴着帽子。

"为什么我们的火车停在这儿不走?"她问。

"这儿是个让车站,"别人回答她说,"他们在等邮车开来。"

她看见阿尔狄诺夫在看她,就卖弄风情地眯细眼睛,大声讲法国话。于是,因为她自己的声音那么好听,因为她听见了音乐,因为月亮映在水池上,又因为阿尔狄诺夫,那出名的风流男子和幸运的宠儿,那么热切而好奇地瞧着她,还因为大家的兴致都很好,她忽然觉着快活起来。等到火车开动,她所认识的军官们向她行军礼告别,她索性哼起树林后面军乐队轰轰响着送来的波利卡舞曲了。她一面走回车室,一面觉得方才在那小车站上好像已经得到保证:不管怎样,她将来一定会幸福的。

这对新婚夫妇在修道院里盘桓了两天,然后回到城里。他们住在公家的房子里。每逢莫杰斯特·阿列克谢伊奇出去办公,阿尼娅就弹钢琴,或者郁闷得哭一阵,再不然就在一个躺椅上躺下来,看小说,或者翻时装杂志。吃饭时候,莫杰斯特·阿列克谢伊奇吃得很多,谈政治,谈任命、调职、褒奖,还谈到人必须辛苦工作,说是家庭生活不是取乐,而是尽责,说一个个的戈比都当心着用,卢布自然就会来了,又说他把宗教和道德看得比世界上任何东西都要紧。他手里捏紧一把餐刀像拿着一把剑似的,说:

"各人都应当有各人的责任!"

阿尼娅听着他讲话,心里害怕,吃不下去,通常总是饿着肚子从桌旁站起来。饭后她丈夫睡午觉,鼾声很响,她就出门回到自己家去。她父亲和弟弟带着一种特别的神情瞧她,仿佛刚才在她进门以前,他们正在骂她不该为钱嫁给一个她并不爱的枯燥无味的男子似的。她的沙沙响的衣服、她的镯子、她周身上下那种太太气派,使他们觉得拘束,侮辱了他们。他们在她面前有点窘,不知道该跟她谈什么好,不过他们还是跟从前那样爱她,吃饭时候她不在座还会觉着不惯。她坐下来跟他们一块儿喝白菜汤,喝粥,吃那种有蜡烛气味的羊油煎出来的土豆。彼得·列昂契奇用发抖的手拿起小酒瓶斟满他的酒杯,带着贪馋的神情,带着憎恶的神情匆匆喝干,然后喝第二杯,第三杯……彼佳和安德留沙,那两个生着大眼睛的、又白又瘦的男孩,夺过小酒瓶来,着急地说:

"喝不得了,爸爸……够了,爸爸……"

阿尼娅也不安,央求他别再喝了。他却忽然冒火了,用拳头捶桌子。

"我不准人家管我!"他嚷着,"顽皮的男孩!淘气的姑娘!我要把你们统统赶出去!"

不过他的声音流露出软弱和忠厚,谁也不怕他。饭后他总是仔细地打扮自己。他脸色苍白,下巴上因为刮胡子不小心而留下一个口子。他伸长了瘦脖子,在镜子前面足足站半个钟头,加意修饰,一会儿梳头,一会儿捋黑唇髭,周身洒上香水,把领带打成花结,然后他戴上手套和高礼帽,出门教家馆去了。如果那是放假的日子,他就待在家里绘画或者弹小风琴,那个琴就呼呼响,咕咕叫起来。他极力弹出匀称和谐的声音,边弹边唱,要不然就向男孩们发脾气:

"可恶的东西!坏蛋!你们把这乐器弄坏了!"

每到傍晚,阿尼娅的丈夫就跟那些同住在公家房子里的同事们打牌。在打牌的时候,那些官员的太太也聚到一起来,她们都是些丑陋的、装束粗俗的、跟厨娘一样粗鲁的女人。于是种种诽谤的话就在这房子里传开了,那些话跟这些官太太本身一样的丑恶和粗俗。有时候莫杰斯特·阿列克谢伊奇带着阿尼娅到剧院去。在休息时间,他从不放她离开身边一步,挽着她的胳臂走过走廊和休息室。每逢他跟什么人打过招呼以后,就立刻小声对阿尼娅说:"他是五等文官……大人接见过他……"或者"这人家道殷实……有房产……"他们走过小吃部的时候,阿尼娅很想吃点甜

食,她喜欢吃巧克力糖和苹果糕,可是她没有钱,又不好意思问丈夫要。他呢,拿起一个梨,用手指头揉搓一阵,犹疑不定地问:

"多少钱一个?"

"二十五个戈比!"

"好家伙!"他回答,把那只梨放回原位。不过不买东西就走出小吃部又不像话,他就要了瓶矿泉水,自己把一瓶全喝光,眼泪都涌到他眼睛里来了。在这种时候,阿尼娅总是恨他。

或者他忽然涨得满脸通红,很快地对她说:

"向那位老太太鞠躬!"

"可是我不认识她。"

"没关系。她是税务局长的太太!我说,你倒是鞠躬啊!"他固执地埋怨道,"你的脑袋又不会掉下来。"

阿尼娅就鞠躬,她的脑袋也果然没有掉下来,可是这使她难过。她丈夫要她做什么她就做,同时她又恼恨自己，因为他把她当作最傻的傻瓜那样欺骗她。她原是只为了钱才跟他结婚的，不料现在她比婚前更缺钱。早先，她父亲至少有时候还给她一枚二十戈比银币，可是现在她连一个小钱也没有。偷偷拿钱，或者跟他要钱，她都办不到。她怕她丈夫，她在他面前发抖。她觉着她灵魂里仿佛早就存着对这个人的怕惧似的。从前她小时候总是觉得中学校长永远是世界上顶威严可怕的一种力量，好比乌云似地压下来，或者像火车头似地开过来，要把她压死似的。另一个同样的力量是大人，这是全家常常谈起，而且不知因为什么缘故大家都害怕的一个人。此外还有十个别的力量，不过少可怕一点，其中有一个中学教师，他上髭刮得光光的，严厉，无情。现在，最后来了莫杰斯特·阿列克谢伊奇这个循规蹈矩的人，他连相貌都长得像校长。在阿尼娅的想象中所有这些力量合成一个力量，活像一只可怕的大白熊，威逼着像她父亲那样的弱者和罪人。她不敢说顶撞的话，勉强赔着笑脸，每逢受到粗鲁的爱抚，被那种使她心惊胆战的搂抱所玷污的时候,还要装出快乐的神情。

彼得·列昂契奇只有一回大着胆子向他借五十卢布,好让他还一笔很讨厌的债,可是那是多么受罪啊!

"好吧,我给您这笔钱,"莫杰斯特·阿列克谢伊奇想了一想说,"可是我警告您,往后您要是不戒酒,我就再也不帮您忙了。一个在政府机关里做事的人养成这样的嗜好是可耻的!我不能不向您提起一件人人都知道的事实:许多有才干的人都是被这种嗜好毁掉的,然而他们一戒掉酒,也许能逐渐成为头面人物。"

随后是很长的句子:"按照……""由于这种情形的结局……""只因为上述的种种"。可怜的彼得·列昂契奇受了侮辱而十分难堪,反倒更想喝酒了。

男孩们总是穿着破靴子和破裤子来看望阿尼娅,他们也得听取他的教训。

"各人都应当有各人的责任!"莫杰斯特·阿列克谢伊奇对他们说。

他不给他们钱。可是他送给阿尼娅镯子、戒指、胸针,说是这些东西留到急难的日子自有用处。他常常打开她锁着的五屉柜,查看一下那些东西还在不在。

二

这当儿冬天来了。还在圣诞节以前很久,当地报纸就发布消息,说一年一度的冬季舞会"定于"十二月二十九日在贵族俱乐部举行。每天傍晚打完牌以后,莫杰斯特·阿列克谢伊奇总是很兴奋,跟那些官太太们交头接耳,担心地打量阿尼娅,随后在房间里从这头走到那头,走上很久,想心事。最后,一天晚上,夜深了,他在阿尼娅面前站定,说:

"你应当做一件跳舞衣服。听明白没有?只是请你跟玛丽亚·格里戈里耶夫娜和娜塔利娅·库兹明尼希娜商量一下。"

他给了她一百卢布。她收下钱,可是她在定做跳舞衣服的时候并没有找谁商量,只跟父亲提了一下。她极力揣摸她母亲会穿什么样的衣服参加舞会。她那故去的母亲素来打扮得最时髦,老是为阿尼娅忙碌,把她打扮得漂漂亮亮跟洋娃娃一样,教她说法国话,教她把马祖尔卡舞跳得极好(她在婚前做过五年家庭女教师)。阿尼娅跟母亲一样会用旧衣服改成新装,用汽油洗手套,租赁 bijoux① 穿戴起来。她也跟母亲一样善于眯细眼睛,娇声娇气地说话,做出妩媚的姿势,遇到必要时候装得兴高采烈,或者做出哀伤的、叫人琢磨不透的神情。她从父亲那儿继承了黑色的头发和眼睛、神经质、经常打扮得很漂亮的习惯。

在动身去参加舞会的半个钟头以前,莫杰斯特·阿列克谢伊奇没穿礼服走进她的房间,为了在她的穿衣镜面前把勋章挂在自己脖子上,他一见她的美丽和那身新作的轻飘衣服的灿烂夺目,不由得着了迷,得意

---

① 法语:贵重的首饰。

地摩挲着他的络腮胡子说：

"原来我的太太能够变成这个样子……原来你能够变成这个样子啊！阿纽达！"他接着说下去，却忽然换了庄严的口气，"我已经使得你幸福了，那么今天你也可以办点事来使我幸福一下。我请求你想法跟大人的太太拉拢一下！看在上帝的份上，求你办一办！有她出力，我就能谋到高级陈报官的位子！"

他们坐车去参加舞会。他们到了贵族俱乐部，门口有看门人守着。他们走进前厅，那儿有衣帽架、皮大衣，仆役川流不息，袒胸露背的太太们用扇子遮挡着穿堂风。空气里有煤气灯和士兵的气味。阿尼娅挽着丈夫的胳臂走上楼去，耳朵听着音乐声，眼睛看着大镜子里她全身给许多灯光照着的影子，心头不由得涌上来一股欢乐，就跟那回在月夜下在小车站上一样感到了幸福的预兆。她带着自信的心情骄傲地走着，她第一回觉着自己不是姑娘，而是成年的女人，她不自觉地模仿故去的母亲的步态和气派。这还是她生平第一回觉着自己阔绰和自由。就连丈夫在身旁,她也不觉着难为情,因为她跨进俱乐部门口的时候,已经本能地猜到:老丈夫在身旁不但一点也不会使她减色,反而会给她添上一种男人十分喜欢的、搔得人心痒的神秘意味。大厅里乐队已经在奏乐,跳舞开始了。阿尼娅经历过公家房子里的那段生活以后,目前遇到这种亮光、彩色、音乐、闹声,就向大厅里扫了一眼,暗自想道:"啊,多么好啊!"她立刻在人群里认出了她所有的熟人,所有以前在晚会上或者游园会上见过的人,所有的军官、教师、律师、文官、地主、大官、阿尔狄诺夫和那些上流社会的太太们。这些太太有的浓妆艳抹,有的露出一大块肩膀和胸脯,有的漂亮,有的难看,她们已经在慈善市场的小木房和售货亭里占好位子,开始卖东西,替穷人募捐了。有一个身材魁伟、戴着肩章的军官(她还是当初做中学生的时候在旧基辅街跟他认识的,可是现在想不起他的姓名了)好像从地底下钻出来一样,请她跳华尔兹舞。她就离开丈夫,翩翩起舞,马上觉得自己好像在大风暴中坐着一条小帆船随波起伏,丈夫已经远远地留在岸上了似的……她热烈而痴迷地跳华尔兹舞,然后跳波利卡舞,再后跳卡德里尔舞,从这个舞伴手上飞到另一个舞伴手上,给音乐声和嘈杂声闹得迷迷糊糊,讲起话来俄国话里夹几句法国话,发出娇滴滴的声调,不住嗤嗤地笑,脑子里既没有想她丈夫,也没有想别的人,别的事。她引得男子纷纷艳羡,这是明明白白的,而且也不可能不这样。她兴奋得透不出气,颤巍巍地抓紧扇子,觉着口渴。她父亲彼得·列昂契奇穿一件有汽油味的、揉皱的礼服,走到她面前,递给她一小碟红色冰激凌。

"今天傍晚你真迷人,"他快活地瞧着她说,"我从没像今天这么懊悔过,你不该急急忙忙地结婚……何必结婚呢?我知道你是为我们的缘故才结婚的,可是……"他用发抖的手拿出一卷钞票来,说:"今天我收到了教家馆的薪水,可以还清我欠你丈夫的那笔钱了。"

她把小碟递到他手里,立刻就有人扑过来,一转眼间就把她带到远处去了。她从舞伴的肩膀上望出去,一眼看见她父亲搂住一位太太,在镶木地板上滑着走,带她在大厅里回旋。

"他在没有喝醉的时候多么可爱啊!"她想。

她跟原先那个魁伟的军官跳马祖尔卡舞;他庄严而笨重,像一具穿着军服的兽尸,一面走动一面微微扭动肩膀和胸脯,微微顿着脚,仿佛他非常不想跳舞。她呢,在他四周轻盈地跳来跳去,用她的美貌和裸露的脖子打动他的心。她的眼睛兴奋地燃烧着,她的动作充满热情。他却变得越来越冷淡,像皇帝发了慈悲似地向她伸出手去。

"好哇,好哇!⋯⋯"旁观的人们说。

可是魁伟的军官也渐渐的来劲了。他活泼起来,兴奋起来,已经给她的妩媚迷住,满腔热火,轻盈而年轻地跳动着,她呢,光是扭动肩膀,调皮地瞧着他,仿佛她已经是皇后,而他是奴隶似的。这当儿她觉着整个大厅里的人都在瞧他们,每个人都呆住了,而且嫉妒他们。魁伟的军官还没来得及为这场舞蹈向她道谢,忽然人群让出一条路来,男人们有点古怪地挺直身子,垂下两只手贴在裤缝上……原来,燕尾服上挂着两颗星章的大人向她走过来了。是的,大人确实向她走过来了,因为他的眼睛直勾勾地瞧着她,脸上现出甜蜜的笑容,同时像在咀嚼什么东西似的舔着自己的嘴唇,他每逢看见漂亮女人总要这样。

"真高兴,真高兴……"他开口了,"我要下命令罚您的丈夫坐禁闭室,因为他把这样一宗宝贝一直藏到现在,瞒住我们。我是受我妻子的委托来找您的,"他接着说,向她伸出胳膊,"您得帮帮我们的忙……嗯,对了……应当照美国人的办法那样……发给您一份美人奖金才对……嗯,对了……美国人……我的妻子等得您心焦了。"

他带她走到小木房那儿,给她引见一个上了岁数的太太,那太太的脸下半部分大得不成比例,因此看上去倒好像她嘴里含着一块大石头似的。

"帮帮我们的忙吧,"她带点鼻音娇声娇气地说,"所有的美人儿都在为我们的慈善市场工作,只有您一个人不知什么缘故却在玩乐。为什么您不肯帮帮我们的忙呢?"

她走了,阿尼娅就接替她的位子,守着茶杯和银茶炊。她这儿的生意马上就兴隆起来。阿尼娅卖一杯茶至少收一个卢布,硬逼那个魁伟的军官喝了三杯。富翁阿尔狄诺夫生着一双暴眼睛,害着气喘病,也走过来了。他不像夏天阿尼娅在火车站看见的那样穿一身古怪的衣服,而是跟大家一样穿着燕尾服了。他两眼盯紧阿尼娅,喝下一杯香槟酒,付了一百卢布,然后喝点茶,又给了一百,始终没开口说话,因为他害气喘病而透不过气来……阿尼娅招来买主,收下他们的钱,她已经深深相信:她的笑容和眼光一定能给这些人很大的快乐。她这才明白:她生下来是专为过这种热闹、灿烂、有音乐和舞蹈,获得许多崇拜者的欢笑生活。她许久以来对于那种威逼着她、要把她活活压死的力量的恐惧依她看来显得可笑了,现在她谁也不怕,只是惋惜母亲已经去世,要是如今在场,一定会为她的成功跟她一块儿高兴呢。

彼得·列昂契奇脸色已经发白,不过两条腿还算站得稳,他走到小木房这儿来,要一小杯白兰地喝。阿尼娅脸红了,料着他会说出什么不得体的话(她已经因为自己有一个这样穷酸、这样平凡的爸爸而觉着难为情了),可是他喝干那杯酒,从他那卷钞票里抽出十卢布来往外一丢,一句话也没说就尊严地走了。过了一会儿,她看见他跟一个舞伴参加大圆舞①,这时候脚步已经不稳,嘴里不断地嚷着什么,弄得他的舞伴十分狼狈。阿尼娅想起三年前他在舞会上也这样脚步踉跄,吵吵嚷嚷,结果被派出所长押回家来睡觉,第二天校长威吓他说要革掉他的差使。这种回忆来得多么不

---

① 一种法国的舞蹈。

是时候啊!

等到小木房里的茶炊熄灭,疲乏的女慈善家们把自己的进款交给那位嘴里含着石头的上了岁数的太太,阿尔狄诺夫就伸出胳膊来挽住阿尼娅,走到大厅里去,那儿已经为全体参加慈善市场的人们开好了晚饭。吃晚饭的只不过二十来个人,可是很热闹。大人提议干杯:"在这堂皇的餐厅里,应当为今天市场的服务对象,那些廉价食堂的兴隆而干杯。"陆军准将提议"为那种就连大炮也要屈服的力量干杯",大家就纷纷举起酒杯跟太太们碰杯。真是快活极了,快活极了!

临到阿尼娅由人送回家去,天已经大亮,厨娘们上市场去了。她高高兴兴,带着醉意,脑子里满是新印象,累得要命,就脱掉衣服,往床上一躺,立刻睡着了……

当天下午一点多钟,女仆来叫醒她,通报说阿尔狄诺夫先生来拜访了。她赶快穿好衣服,走进客厅。阿尔狄诺夫走后不久,大人就来了,为她参加慈善市场工作而向她道谢。他带着甜蜜蜜的笑容瞧她,像是在咀嚼什么东西似的舔着嘴唇,吻她的小手,请求她准许他以后再来拜访,然后告辞走了。她呢,站在客厅中央,又吃惊又迷惑,不相信她的生活这么快就起了变化,惊人的变化。这当儿她丈夫莫杰斯特·阿列克谢伊奇走进来了……现在他站在她面前也现出那种巴结的、谄笑的、奴才般的低声下气神情了,这样的神情在他遇见权贵和名人的时候她常在他脸上看见。她又是快活,又是气愤,又是轻蔑,而且相信自己无论说什么话也没关系,就咬清每个字的字音说:

"滚开,蠢货!"

从这时候起,阿尼娅再也没有一个空闲的日子了,因为她时而参加野餐,时而出去游玩,时而演出。她每天都要到夜半以后才回家,在客厅地板上睡一觉,过后却又动人地告诉大家说她怎样在花丛底下睡觉。她需要很多的钱,不过她不再怕莫杰斯特·阿列克谢伊奇了,花他的钱就跟花自己的一样。她不央求他,也不硬逼他,光是派人给他送账单或者条子去。"交来人二百卢布",或者"即付一百卢布"。

到复活节,莫杰斯特·阿列克谢伊奇领到了二等安娜勋章。他去道谢的时候,大人放下报纸,在圈椅上坐得更靠后一点。

"那么现在您有三个安娜了,"他说,看着自己的白手和粉红色的指甲,"一个挂在您的纽扣眼上,两个挂在您的脖子上。"

莫杰斯特·阿列克谢伊奇出于谨慎举起两个手指头来放在嘴唇上,免得笑声太响。他说:

"现在我只巴望小符拉吉米尔出世了。我斗胆请求大人做教父。"

他指的是四等符拉吉米尔勋章。他已经在揣想将来他怎样到处去讲自己这句妙语双关的话了。这句话来得又机智又大胆,妙极了。他本来还想说点同样妙的话,可是大人又埋下头去看报,光是对他点一点头……

阿尼娅老是坐上三匹马拉着的车子到处奔走,她跟阿尔狄诺夫一块儿出去打猎,或是演独幕剧,或是出去吃晚饭,越来越不大去找自己家里的人。现在他们吃饭没有她来做伴了。彼得·列昂契奇酒瘾比以前更大,钱却没有,小风琴早已卖掉抵了债。现在男孩们不放他一个人上街去,总是跟着他,生怕他跌倒。每逢他们在旧基辅街上遇见阿尼娅坐着由一匹马驾辕、一匹马拉套的双马马车出来兜风,同时阿尔狄诺夫代替车夫坐在车夫座上的时候,彼得·列昂契奇就脱下高礼帽,想对她嚷一声,可是彼佳和安德留沙揪住他的胳膊,恳求地说:

"不要这样,爸爸……别说了,爸爸!……"

吻

　　五月二十日傍晚八点钟,某炮兵后备旅的所有六个连,到露营地去的途中,在梅斯捷奇金村停下来过夜。他们那儿乱哄哄,有的军官在大炮四周忙碌,有的军官会合在教堂围墙附近的广场上听设营官讲话,这时候忽然从教堂后边闪出一个穿便服的男子,骑着一头奇怪的马。那头浅黄色的小马生着好看的脖子和短短的尾巴,一步步走过来,然而不是照直地走,却像是斜着溜过来,踩着一种细碎的舞步,仿佛有人用鞭子抽它的腿似的。骑马的人走到军官们面前,抬了抬帽

子说:

"本地的地主,陆军中将冯·拉别克大人请诸位军官先生马上赏光到家里去喝茶……"

马低下头,踩着舞步,斜着身子往后退去。骑马的人又抬了抬帽子,一刹那间跟他那头奇怪的马隐到教堂后面,不见了。

"鬼才知道这是怎么回事!"有几个军官嘟哝道,他们正在走散,要回到自己的住处去,"大家都想睡觉了,这位冯·拉别克却要请人喝什么茶!什么叫做喝茶,我们心里可有数!"

所有六个连的军官们都清楚地记得去年的一件事:在阅兵期间,他们跟一个哥萨克团的军官们,也像这样受到一位伯爵地主,一位退伍军人的邀请去喝茶;那位好客、殷勤的伯爵款待他们,请他们吃饱、喝足之后,不肯放他们回到村里的住处去,却把他们留在自己家里过夜。所有这些当然都很好,简直没法希望更好的了,然而糟糕的是那位退伍军人有这些年轻人做伴,高兴得过了头。他对军官们讲他光辉的过去的业绩,领他们走遍各处房间,给他们看名贵的画片、古老的版画、珍奇的武器,给他们念大人物的亲笔信,一直忙到太阳东升。那些疲乏厌倦的军官看着,听着,一心想睡觉,小心地对着袖口打呵欠。临了,主人总算放他们走了,可是要睡觉已经太迟了。

也许这个冯·拉别克就是这种人吧?是也好,不是也好,反正也没办法了。军官们换上整齐的军服,把周身收拾干净,成群结伙地去找那个地主的家。在教堂附近的广场上,他们打听出来要到那位先生的家可以沿着下面的路走——从教堂后面下坡到河边,沿着河岸走到一个花园,顺一条林荫路走到那所房子;或者走上面的路也成——从教堂照直顺着大路走,在离村子不到半俄里①的地方就到了地主的谷仓。军官们决定走上面的路。

———————

① 1俄里等于1.06公里。

"这个冯·拉别克是什么人?"他们一面走一面闲谈,"就是从前在普列夫纳统率H骑兵师的将领吧?"

"不,那人不叫冯·拉别克,单叫拉别克,没有冯。"

"多好的天气啊!"

大路在第一个谷仓那儿分成两股:一股照直往前去,消失在晦暗的暮色里。另一股往右去,通到主人的房子。军官们往右拐弯,讲话声音开始放低……路的两边排列着红房顶的石砌谷仓,笨重而森严,很像县城里的营房。前面,主人宅子的窗子里灯光明亮。

"好兆头,诸位先生!"有一个军官说,"我们的猎狗跑到大家前头去了;这是说,他闻出我们前头有猎物了!……"

中尉洛贝特科走在众人前面,他生得又高又结实,可是没长唇髭(他已经过二十五岁了,可是不知什么缘故,他那保养得很好的圆脸上却连一根胡子也没有),善于远远地辨出前面有女人,因此在这个旅里以这种嗅觉出名。他扭转身来说：

"对了，这儿一定有女人。我凭本能就觉出来了。"

冯·拉别克本人在正屋门口迎接军官们，他是一位仪表优雅、年纪大约六十岁的老人，穿着便服。他跟客人们握手，说他见到他们很高兴，很幸福，可是诚恳地请求军官先生们看在上帝的分上原谅他不留他们过夜。有两个带着孩子一起来的姐妹、几个弟兄、几个邻居来看望他，弄得他一个空房间也没有了。

将军跟每个人握手、道歉、微笑，可是凭他的脸色看得出他决不像去年那位伯爵那么高兴接待这些客人，他之所以邀请这些军官，只是因为他觉得这是一种必要的礼节罢了。军官们自己呢，走上铺着柔软的毡毯的楼梯，一面听他讲话，一面觉得他们之所以受到邀请，也只是因为不好意思不请他们罢了。他们看见听差们匆匆忙忙点亮楼下门道里和楼上前厅里的灯，觉得他们好像随身把不安和不便带进了这个宅子。既然已经有两个带着子女的姊妹、弟兄、邻人大概由于家庭的喜事或者变故而聚会在这所房子里,那么十九个素不相识的军官的光临会受到欢迎吗?

到了楼上,在大厅门口,军官们遇到一位身材高大、匀称的老太太,长脸上生着黑眉毛,很像厄热尼皇后①。她殷勤而庄严地微笑着,说她看到客人很高兴,很幸福,道歉说她丈夫和她这回不能够邀请军官先生们在这里过夜。每逢她从客人面前扭转身去办点什么事,她那美丽、庄严的笑容立刻就消失了,那么,事情很清楚:她这一辈子见过很多军官,现在她对他们不感兴趣,即使她邀他们到家里来,而且表示歉意,那也只是因为她的教养和社会地位要求她这样做罢了。

军官们走进一个大饭厅,那儿已经有十来个人,男男女女,老老少少,坐在长桌的一边喝茶。在他们的椅子背后可以隐约看见一群男人笼罩在雪茄烟的轻飘的

---

① 厄热尼皇后(1826—1920),拿破仑三世的妻子。

云雾里,他们当中站着一个瘦长的青年,正在谈论什么,他留着红色的络腮胡子,讲英国话,声音响亮,可是咬字不清。这群人的背后有一扇门,从门口望出去可以看见一个明亮的房间,摆着淡蓝色的家具。

"诸位先生,你们人数这么多,简直没法跟你们介绍了!"将军大声说,极力说得很快活,"自己介绍吧。诸位先生,不要客气!"

军官们有的带着很严肃的,甚至很严厉的脸相,有的现出勉强的笑容,大家都觉得很别扭,就好歹鞠一个躬,坐下来喝茶。

其中觉得最别扭的是里亚博维奇上尉。他是一个戴眼镜的军官,身材矮小,背有点伛偻,生着山猫样的络腮胡子。他的同伴们有的做出严肃的神情,有的露出勉强的笑容,他那山猫样的络腮胡子和眼镜却好像在说:"我是全旅当中顶腼腆、顶谦卑、顶没光彩的军官!"起初他刚走进饭厅以及后来坐下喝茶的时候,无论如何也不能够把注意力集中在一张脸或者一个东西上。那些脸、衣服、盛着白兰地的玻璃长颈酒瓶、杯子里冒出来的热气、有着雕塑装饰的檐板,这一切合成一个总的强大印象,在里亚博维奇心里引起不安,使他一心想把脑袋藏起来。他像第一回当众表演的朗诵者一样,虽然瞧见他眼前的一切东西,可是对看到的东西却不十分理解,按照生理学家的说法,这种虽然看见然而不理解的情况叫做"意盲"。过了一会儿,里亚博维奇渐渐习惯新环境,眼睛亮了,就开始观察。他既是一个不善于交际的、腼腆的人,那么首先引起他注意的就是他自己最不行的事情,也就是他那些新相识的特别大胆。冯·拉别克,他的妻子,两位上了岁数的太太,一位穿淡紫色连衣裙的小姐,一个留着红色络腮胡子的青年(冯·拉别克的小儿子),仿佛事先排演过似的,很灵敏地夹在军官们当中坐好,立刻热烈地争论起来,弄得客人不能不插嘴。那位穿淡紫色衣服的小姐热烈地证明,做炮兵比做骑兵或者步兵轻松得多,冯·拉别克和上了岁数的太太们的看法则相反。紧跟着,大家七嘴八舌地谈起来。里亚博维奇瞧着淡紫色小姐十分激烈地争辩她所不熟悉的,完全不感兴趣的事情,冷眼看出她脸上时而现出不诚恳的笑容,时而把笑容又收敛起来。

冯·拉别克和他的家人巧妙地把军官们引进争论中来,同时一刻也不放松地盯紧他们的杯子和嘴,注意他们是不是都在喝茶,是不是茶里都放了糖,为什么有人不吃饼干或者不喝白兰地。里亚博维奇看得越久,听得越久,他就越喜欢这个不诚恳的可是受过很好训练的家庭。

喝完茶以后,军官们走进客厅。洛贝特科中尉的本能没有欺骗他,客厅里果然有许多小姐和年轻女人。"猎狗"中尉不久就站在一个穿黑色连衣裙的、年纪很轻的金发女郎身旁,神气十足地弯下腰来,仿佛倚着一把肉眼看不见的军刀似的,微微笑着,风流地耸动肩膀。他大概在讲些很有趣味的荒唐话,因为金发女郎带着鄙夷的神情瞧着他那保养得很好的脸,淡漠地问一句:"真的吗?"猎狗倘若乖巧一点,从这不关痛痒的"真的吗",应该可以推断出她未必喜欢这样的猎狗!

钢琴响了;忧郁的华尔兹舞曲从大厅里飘出敞开的窗口,不知什么缘故大家都想起来窗外现在是春天,五月的黄昏,人人都觉出空中有玫瑰、紫丁香、白杨的嫩叶的香气。里亚博维奇在音乐的影响下,喝下的那点白兰地正在起作用。他斜眼看着窗口,微微地笑,开始注意女人们的动作。他觉得玫瑰、白杨、紫丁香的气息好像不是从花园里飘来,而是从女人的脸上和衣服上冒出来的。

冯·拉别克的儿子请一位瘦弱的姑娘跳舞,跟她跳了两圈。洛贝特科在镶木地板上滑过去,飞到淡紫色小姐面前,带着她在大厅里翩翩起舞。跳舞开始了……里亚博维奇站在门旁,夹在不跳舞的人们当中,旁观着。他这一辈子从没跳过一回舞,他的胳臂也从没搂过一回上流女人的腰。一个男人当着大家的面搂着一个不认得的姑娘的腰,让那姑娘把手放在自己的肩头,里亚博维奇看了总是很喜欢,可是他无论如何也不能想象自己会成为那样的男人。有些时候他嫉妒同伴们胆大、灵巧,心里很难过;他一想到自己胆小、背有点伛偻,没有光彩,腰细长,络腮胡子像山猫,就深深地痛心,可是年深日久,他也就习惯了,现在他瞧着同伴们跳舞,大声说话,不再嫉妒,光是觉得感伤罢了。

等到卡德里尔舞开始,小冯·拉别克就走到没跳舞的人们跟前,请两位军官去打台球。军官们答应了,跟他一块儿走出客厅。里亚博维奇没事可做,心想参加大家的活动,就慢腾腾地跟着他们走去。他们从大厅里出来,走进客厅,然后走过一个玻璃顶棚的窄过道,走进一个房间。他们一进去,就有三个带着睡意的听差从沙发上很快地跳起来。小冯·拉别克和军官们穿过一长串房间,末后走进一个不大的房间,那里有一张台球桌子。他们就开始打台球。

里亚博维奇除了打纸牌以外从没玩过别的东西,他站在台球桌旁边,冷淡地瞧着打台球的人,他们呢,解开上衣扣子,手里拿着球杆走来走去,说俏皮话,不断地嚷出一些叫人听不懂的词。打台球的人没注意他,只是偶尔有谁的胳臂肘碰着他,或者一不小心,球杆的一头戳着他,才扭转身来说一声:"对不起!"第一盘还没打完,他就厌倦,开始觉得他待在这儿是多余的,而且碍人家的事了……他想回到大厅里,就走出去了。

在回去的路上,他遇到一桩小小的奇事。他走到半路上,发现自己走错了地方。他清楚地记得在路上应当遇见三个带睡意的听差,可是他穿过五六个房间,那几个带着睡意的人好像钻到地底下去了。他发觉自己走错了,就扭转身退回一小段路,往右转弯,走进了他到台球房间去的时候没见过的一个昏暗的房间。他在那儿站了一会儿,犹豫不决地打开一扇他的眼睛偶然看见的门,走进一个漆黑的房间。他看见前面,正对面有一道门缝,从那道缝里射进一条明亮的光。门外面传来隐隐约约的、忧郁的玛祖卡舞曲的声音。这儿也跟大厅里一样,窗子敞开,有白杨、紫丁香和玫瑰的气味……

里亚博维奇迟疑地站住……这当儿,他出乎意外地听见匆匆的脚步声、连衣裙的沙沙声、喘吁吁的女人低语声:"到底来了!"有两条柔软的、香喷喷的、准定是女人的胳膊搂住他的脖子,温暖的脸颊贴到他的脸颊上来,同时发出了亲吻的声音。可是那个亲吻的人立刻轻轻地惊叫了一声,抽身躲开他,而且里亚博维奇觉得她是带着憎恶躲开的。他也差点儿叫起来,就向门边的亮光跑过去……

他回到大厅里,心怦怦地跳,手抖得厉害,他连忙把手藏到背后去。起初他羞得不得了,生怕满大厅的人知道他刚刚被一个女人搂抱过,吻过。他畏畏缩缩,不安地往四下里看,可是等到他相信大厅里的人们跟先前一样平静地跳舞、闲谈,他就完全让一种生平从没经历过的新感觉抓住了。他起了一种古怪的变化……他的脖子刚才给柔软芳香的胳膊搂过,觉得好像抹了一层油似的。他左脸上靠近唇髭、经那个素不相识的人吻过的地方,有一种舒服的、凉酥酥的感觉,仿佛擦了一点薄荷水似的。他越是擦那地方,凉酥酥的感觉就越是厉害。他周身上下,从头到脚充满一种古怪的新感觉,那感觉越来越强烈……他情不自禁地想跳舞、谈话、跑进花园、大声地笑……他完全忘了他的背有点伛偻,他没有光彩、他有山猫样的络腮胡子,而且"貌不惊人"(这是有一回他偶然听到几个女人在谈到他相貌时候所用的形容词)。正巧冯·拉别克的妻子走过他面前,他就对她亲切而欢畅地笑一笑,笑得她站住了,探问地瞧着他。

"我非常喜欢您这所房子!……"他说,把眼镜端一端正。

将军的妻子微笑着,说是这房子原是她父亲的。后来她问起他的父母是否还在世,他在军队里待得是不是很久,为什么他这么瘦,等等……她的问题得到答复后,她便往前走去。他跟她谈过话以后,他的笑容比先前越发亲切,他觉得他的四周尽是些好人……

进晚餐的时候,里亚博维奇漫不经心地吃完给他端来的一切菜,自管喝酒,什么话也没听进去,极力要弄明白他方才遇到的究竟是怎么一回事。这件奇事具有神秘的、浪漫的性质,可是要解释却也不难。一定是有个姑娘或者太太跟别人约定在那个黑房间里相会。她等了很久,又烦躁又兴奋,竟把里亚博维奇当做她的情人了,尤其因为里亚博维奇走过那个黑房间的时候迟迟疑疑地站住,仿佛也在等什么人似的,那么这就更近情理了……里亚博维奇就照这样解释他何以会受到那样的一吻。

"不过她是谁呢?"他瞧了瞧四周女人的脸想道,"她一定年轻,因为老太太是不会去幽会的。而且她是个受过教育的女人,这只要凭她衣服的沙沙声、她的香气、她的声调,就可以揣摩出来……"

他的眼光停在淡紫色小姐的身上,他很喜欢她。她有美丽的肩膀和胳膊、聪明的脸、好听的声音。里亚博维奇瞧着她,希望那个不相识的女人就是她,而不是别人……可是她笑起来不怎么真诚,而且皱起她的长鼻子,这就使他觉得她显老了。然后他掉过眼睛去瞧那个穿黑色连衣裙的金发女郎。她年轻些,朴素些,真诚些,两鬓秀气,端起酒杯喝酒的样子很潇洒。现在里亚博维奇希望那个女人是她了。可是不久他又觉得她的脸平平常常,就掉过眼睛去瞧他身旁的那个女人……

"这是很难猜的,"他暗想,沉思着,"如若只要淡紫色小姐的肩膀和胳膊,再配上金发女郎的两鬓和洛贝特科左边坐着的那位姑娘的眼睛,那么……"

他暗自把这些东西搭配起来,就此凑成了吻过他的那个姑娘的模样。他希望她有那样的模样,可是在饭桌上又找不到。

晚餐以后,军官们酒足饭饱,精神抖擞,开始告辞和道谢。冯·拉别克和他的妻子又开始道歉,说是可惜不能留他们过夜。

"诸位先生,跟你们见面很高兴,很高兴!"将军说,这一回倒是诚恳的(大概因为人们在送走客人的时候总比在迎接客人的时候诚恳得多,也和蔼得多),"很高兴!希望你们回来路过的时候再光临!别客气!你们怎样走?你们要走上面的路吗?不,穿过花园走吧,下面那条路要近一点。"

军官们走出去,到了花园里。从充满亮光和闹声的地方走出来,花园里显得十分黑暗而宁静。他们沉默地一路走到花园门口。他们都有点醉意,兴致很好,心满意足,可是黑暗和静寂使他们沉思了一会儿。大概他们每个人都有着一种跟里亚博维奇相同的感触:将来是不是有一天他们也会像冯·拉别克一样有一所大房子、一个家庭、一个花园,即使本心并不诚恳,也能欢迎人们来,请他们吃得酒醉饭饱,使他们心满意足呢?

他们一走出花园门外,就开始争着讲话,无缘无故地大笑。他们现在顺小路走着,那条小路通到下面河边,然后沿着河岸向前伸展,绕过岸上的矮树丛、沟道、枝条垂在水面上的柳树。河岸和小路都看不大清,对岸完全沉没在一片漆黑中。黑色的水面上这儿那儿映着星星,它们颤抖着,破碎了,只凭这一点才能推断河水流得很急。空中没有一丝风。河对岸有些带着睡意的麻鹬在悲凉地鸣叫,在这边岸上一个矮树丛里有一只夜莺一点也不理会这群军官,仍然在放声歌唱。军官们在矮树丛四周站了一会儿,拿手指头碰一碰它,可是夜莺仍旧唱下去。

"这家伙可真了不得!"他们赞许地叫道,"我们站在它旁边,它却一点也不在乎!好一个坏蛋!"

在道路的尽头,小路爬上坡去,在教堂的围墙附近跟大路会合了。军官们爬上坡,累了,就在这儿坐下,点上纸烟。河对面现出一块暗红色的光亮。他们反正没事可做,就花了不少工夫推断那是野火呢,还是窗子里的灯亮,还是别的什么东西……里亚博维奇也瞧那亮光,他觉得那一块光在向他微笑,眨眼,仿佛它知道那一吻似的。

里亚博维奇回到驻营地,赶快脱掉衣服,上了床。洛贝特科和美尔兹里亚科夫中尉(一个和气而沉静的人,在他那伙人中被看做很有学问的军官,他一有空儿就老是看《欧洲通报》,这份杂志他随便到哪儿去都随身带着)跟里亚博维奇住在同一所农民的小木房里。洛贝特科脱了衣服,带着还没玩畅的人的神情在房间里走来走去,走了很久,随后打发勤务兵去买啤酒。美尔兹里亚科夫上了床,在枕头旁边放一支蜡烛,专心看那份《欧洲通报》。

"她是谁呢?"里亚博维奇瞧着被烟熏黑的天花板暗想。

他的脖子仍旧好像涂了油似的,嘴角旁边也仍旧带点凉意,仿佛擦了薄荷水一样。淡紫色小姐的肩膀和胳臂,穿黑衣服的金发女郎的两鬓和诚恳的眼睛,柳腰,衣服,胸针,在他的想象中闪动着。他极力注意这些形象,可是它们跳动着,逐渐变得模糊起来,摇曳不定。等到这些影子在每个人一闭上眼睛就会看见的宽阔的黑色背景上完全消失,他就开始听到匆忙的脚步声、衣裙的沙沙声、亲吻的响声,一种没来由的、强烈的欢乐就涌上他的心头……他正在尽情享受这种欢乐,却听见勤务兵回来报告,说是没有啤酒。洛贝特科气得要命,又开始走来走去。

"嘿,是不是蠢货?"他不断地说,先是在里亚博维奇面前站住,后来又在美尔兹里亚科夫面前站住,"连啤酒都买不着,真是个十足的蠢货,笨蛋!对不对?嘿,恐怕是个坏蛋吧?"

"在这一带当然买不到啤酒。"美尔兹里亚科夫说,眼睛却没离开《欧洲通报》。

"哦?您是这样看的吗?"洛贝特科坚持自己的意见,"主啊,我的上帝,哪怕你把我送到月亮上去,我也会马上给您找着啤酒和女人!好,我马上就去找来……要是我找不着,您骂我是混蛋好了!"

他用很久的工夫穿上衣服,登上大皮靴,然后默默地抽完烟,走出去了。

"拉别克,格拉别克,拉别克,"他嘴里念着,却在前堂里站住了,"我一个人不高兴去,真该死!您肯出去溜达吗?啊?"

他没听见答话,就走回来,慢腾腾地脱掉衣服,上了床。美尔兹里亚科夫叹口气,收起《欧洲通报》,吹熄蜡烛。

"哼!……"洛贝特科嘟哝着,在黑暗里点上一支烟。

里亚博维奇拉起被子来蒙上头,蜷起身子,极力想把幻想中那些飘浮不定的影子拼凑起来,合成一个完整的人,可是任凭怎么样也拼凑不成。他不久就睡着了,他的最后一个思想是:不知一个什么人,对他温存了一下,使他喜悦,一件不平常的、荒唐的、可是非常美好快乐的事来到了他的生活里。哪怕在睡乡里,这个思想也没离开过他。

等到他醒来,他脖子上涂油的感觉和唇边薄荷的凉意都没有了,可是欢乐的波浪还是跟昨天一样在他的心中起伏。他痴迷地瞧着给初升的阳光镀上一层金的窗框,听着街上行人走动的声音。贴近窗子,有人在大声讲话。里亚博维奇的连长列别杰兹基刚刚赶到旅里来,由于不习惯低声讲话,正在很响地跟他的司务长讲话。

"还有什么事?"连长嚷道。

"昨天他们换马掌的时候,官长,他们钉伤了'鸽子'的蹄子。医士给涂上黏土和醋。现在他们用缰绳牵着它在边上走。还有,官长,昨天工匠阿尔捷米耶夫喝醉了,中尉下命令把他拴在一个后备炮架的前车上。"

司务长还报告说,卡尔波夫忘了带来喇叭上用的新绳和支帐篷用的木桩,还提到各位军官昨天傍晚到冯·拉别克将军家里去做客。话正谈到半中腰,窗口出现了列别杰兹基的生着红头发的脑袋。他眯细近视的眼睛瞧着军官们带着睡意的脸,跟他们打招呼。

"没什么事儿吧?"他问。

"那匹备了鞍子的辕马戴上新套具,把脖子磨肿了。"洛贝特科打着呵欠回答道。

连长叹口气,沉吟一下,大声说:

"我还要到亚历山德拉·叶夫格拉福夫娜那儿去一趟。我得去看看她。好,再见吧。到傍晚我会追上你们的。"

过了一刻钟,炮兵旅动身上路了。这个旅沿着大道走,经过地主粮仓的时候,里亚博维奇瞧了瞧右边的房子。所有的窗口都下着百叶窗。房子里的人分明都在睡觉。昨天吻过里亚博维奇的那个女人也在睡觉。他极力想象她睡熟的样子。卧室的敞开的窗子,伸进窗口的绿树枝,早晨的新鲜空气,白杨、紫丁香、玫瑰的幽香,一张床,一把椅子,昨天沙沙响,现在放在椅子上的连衣裙,小小的拖鞋,桌上的小表,所有这些,他暗自描摹着,清楚而逼真,可是偏偏那要紧的、关键的东西,她的脸相和梦中的甜蜜的微笑,却从他的幻想里滑出去,就跟水银从手指缝中间漏掉了一样。他骑着马走出半俄里远,回过头来看:黄色的教堂、房子、河、花园,都沉浸在阳光里;那条河很美,两岸绿油油的,水中映着蓝天,河面上这儿那儿闪着银色的阳光。里亚博维奇向梅斯捷奇金村最后看了一眼,心里觉得很难过,好像跟一个很接近、很亲密的东西拆开了似的。

他眼睛前面的路上,只有那些早已熟悉的、没有趣味的画面……左右两旁是未成熟的黑麦和荞麦的田野,有些乌鸦在田野上蹦来蹦去。往前看,只瞧见灰尘和人的后脑勺。往后看,也只瞧见灰尘和人脸……打头的是四个举着佩刀步行前进的人,他们是前卫。后面,紧挨着的是一群歌手,歌手后面是骑马的司号员。前卫和歌咏队,像送葬行列中擎火炬的人一样,常常忘记保持规定的距离,远远地赶到前头去了……里亚博维奇随着第五连的第一门炮走着。他可以看见在他前面走动的所有四个连。在不是军人的人们看来,这个在行进的炮兵旅所形成的那条笨重的长行列好像是个复杂的、叫人不能理解的、杂乱无章的东西,谁也不明白为什么有那么多人围着一尊大炮,为什么那尊炮由那么多套着古怪的挽具的马拉着,仿佛那尊炮真是很可怕、很沉重似的。在里亚博维奇看来,这一切却十分清楚,因此一点也引不起他的兴趣。他老早就知道为什么每个连的前头除了军官以外还要有一个身材魁梧的士官骑在马上,为什么他叫做前导。紧跟在士官背后的是拉前套的马的骑手,随后是走在中间的马的骑手。里亚博维奇知道他们所骑的马,在左边的叫鞍马,在右边的叫副马,这些都很乏味。在那些骑手后面跟着两匹辕马。其中一匹马上坐着一个骑手,背上布满昨天的尘土,右腿上绑着一块粗笨的、样子可笑的小木头。里亚博维奇知道这块木头做什么用,并不觉得可笑。所有的骑手随便地摇动短皮鞭,不时嚷一声。炮本身也不好看。前车上面堆了一袋袋的燕麦,盖着帆布。炮身上挂着茶壶、兵士的行囊、口袋,看上去那尊炮像是一头小小的、不伤人的动物,不知什么缘故被人们和马匹包围着。炮的两旁,有六个兵,都是炮手,背着风走路,挥动着胳膊。在这尊炮后面又是另外的前导、骑手、辕马,这后面又来了一尊炮,跟前面那尊同样难看,不威严。这第二尊炮过去以后,随后来了第三尊、第四尊,靠近第四尊炮有一个军官,等等。这个旅一共有六个连,每个连有四尊炮。这行列有半俄里长;殿后的是一串货车,货车旁边有一头极可爱的牲口,驴子玛加尔,那是一个连长从土耳其带来的,它耷拉着耳朵挺长的脑袋,沉思地迈着步子。

里亚博维奇冷淡地瞧瞧前面和后面,瞧瞧人的后脑勺和脸。换了别的时候,他大概已经迷迷糊糊,要睡着了,可是现在他却完全沉浸在愉快的新体验到的思绪中了。起初在炮兵旅刚刚启程的时候,他想说服自己:那件亲吻的事,如果有趣味,也只因为那是一个小小的、神秘的奇遇罢了,其实那是没什么意思的,把这件事看得认真,至少也是愚蠢的。可是不久他就顾不得这些道理,想入非非了……他一会儿想着自己在冯·拉别克的客厅里,挨着一个姑娘,长得挺像淡紫色小姐和穿黑衣服的金发女郎;一会儿闭上眼睛,看见自己跟另一个完全不认得的姑娘待在一起,那人的脸相很模糊。他暗自跟她谈话,跟她温存,低下头去凑近她的肩头。他想象战争和离别,然后重逢,跟妻子儿女一块儿吃晚饭……

"煞住车!"每回他们下山,这个命令就响起来。

他也嚷着:"煞住车!"可是又生怕这一声喊搅乱他的幻梦,把他带回现实里来……

他们走过一个地主的庄园,里亚博维奇就隔着篱墙向花园里望。他的眼睛遇到一条很长的林荫路,像尺那么直,铺着黄沙土,夹道是新长出来的小桦树……他带着沉浸在幻想里的人的那份热情暗自想着女人的小小的脚在黄沙土上走着,于是突然间,在他的幻想中清清楚楚地出现了吻过他的那个姑娘的模样,正是昨天吃晚饭时候他描摹的那个样子。这个模样就此留在他的脑子里,再也不离开他了。

中午,后面靠近那串货车的地方有人嚷道:

"立正!向左看!军官先生们!"

旅长是一位将军,坐着一辆由一对白马拉着的马车走过来了。他在第二连附近停住,嚷了一些谁也听不懂的话。好几个军官,里亚博维奇也在内,策动马,跑到他面前去。

"啊?怎么样?什么?"将军问,眨着他的红眼睛,"有病号吗?"

将军是个瘦小的男子,听到回答,就动着嘴,好像在咀嚼什么。他沉吟一下,对一个军官说:

"你们第三尊炮的炮车辕马的骑手摘掉了护膝,把它挂在炮的前车上了,那混蛋。您得惩罚他。"

他抬起眼睛看看里亚博维奇,接着说:

"我觉得你们那根车带太长了……"

将军又说了几句别的乏味的话,瞧着洛贝特科,微微地笑了。

"今天您看起来很忧愁,洛贝特科中尉,"他说,

"您在想念洛普霍娃吧？对不对？诸位先生，他在想念洛普霍娃！"

洛普霍娃是个很胖很高的女人，年纪早已过四十了。将军自己喜欢身材高大的女人，年纪大小倒不论，因此猜想他手下的军官们也有同样的爱好。军官们恭敬地赔着笑脸。将军觉得自己说了句很逗笑很尖刻的话，心里痛快，就扬声大笑，碰了碰他的车夫的后背，行了个军礼。马车往前驶走了……

"我现在所梦想的一切，我现在觉得不能实现的、人们少有的一切，其实是很平常的，"里亚博维奇瞧着将军车子后面的滚滚烟尘，暗自想着，"这种事平常得很，人人都经历过……比方说，那位将军当初就谈过恋爱，现在结了婚，有了子女。瓦赫捷尔大尉，虽然后脑勺很红很丑，没有腰身，可也结了婚，有人爱……萨尔玛诺夫呢，很粗野，简直跟鞑靼人一样，可是他也谈过恋爱，最后结了婚……我跟大家一样，我早晚也会经历到大家经历过的事……"

他想到自己是个平常的人，他的生活也平平常常，不由得很高兴，而且这给了他勇气。他由着性儿大胆描摹她和他自己的幸福，什么东西也不能束缚他的幻想了……

傍晚炮兵旅到达了驻扎地，军官们在帐篷里安歇，里亚博维奇、美尔兹里亚科夫、洛贝特科围着一口箱子坐着吃晚饭。美尔兹里亚科夫不慌不忙地吃着，他一面从容地咀嚼，一面看一本摆在他膝头上的《欧洲通报》。洛贝特科讲个没完，不断地往自己的杯子里斟啤酒。里亚博维奇做了一天的梦，脑筋都乱了，只顾喝酒，什么话也没说。喝过三杯酒，他有点醉了，浑身觉着软绵绵的，就起了一种熬不住的欲望，想把他的新感觉讲给他的同事们听。

"在冯·拉别克家里，我遇到一件怪事……"他开口说，极力在自己的声调里加进满不在乎的、讥诮的口吻，"你们知道，我走进了台球房……"

他开始详详细细地述说那件亲吻的事，过一会儿就沉默了……一会儿的工夫他已经把前后情形都讲完了,这件事只要那么短短的工夫就讲完,他不由得大吃一惊。他本来以为会把这个亲吻的故事一直讲到第二天早晨呢。洛贝特科是个爱说谎的人,因此什么人的话也不相信。他听里亚博维奇讲完,怀疑地瞧着他,冷冷地一笑。美尔兹里亚科夫动了动眉毛,眼睛没离开《欧洲通报》,说:

"上帝才知道这是怎么回事!……这女人一下子就搂住一个男人的脖子,也没叫一声他的名字……她一定是个心理变态的女人。"

"对了,一定是个心理变态的女人……"里亚博维奇同意。

"有一次我也遇见过这一类的事……"洛贝特科说,装出惊骇的眼神,"去年我上科甫诺去……我买了一张二等客车的票……火车上挤得很,没法睡觉。我塞给乘务员半个卢布……他就拿着我的行李,领我到一个单人车室去……我躺下来,盖上毯子……你们知道,那儿挺黑。忽然我觉得有人碰了碰我的肩膀,朝我的脸上吹气。我动一动手,却碰到了不知什么人的胳膊肘。我睁开眼,你们猜怎么着,原来是一个女人!眼睛黑黑的,嘴唇红得好似一条新鲜的鲑鱼,鼻孔热情地呼气,胸脯活像一个软靠枕……"

"对不起,"美尔兹里亚科夫平静地插嘴,"关于胸脯的话,我倒能懂,可是既然那儿挺黑,你怎么看得清嘴唇呢?"

洛贝特科极力圆他的谎,嘲笑美尔兹里亚科夫缺乏想象力。这惹得里亚博维奇讨厌。他离开那口箱子,上了床,赌咒再也不向别人谈起这件事。

露营生活开始了……日子一天天流过去,这一天跟那一天简直差不多。在那些日子,里亚博维奇的感情、思想、举动都像是在谈恋爱。每天早晨他的勤务兵给他送水来洗脸,他用冷水冲头的时候,总想起他的生活里有了一件美好而温暖的事。

到傍晚,他的同事们一谈到爱情和女人,他就走近一点听着,脸上现出一种表情,仿佛兵士在听人述说他参加过的一个战役似的。有些天的傍晚,带几分醉意的尉官们由"猎狗"洛贝特科领头到"城郊"去冶游,每逢里亚博维奇参加这类游乐的时候,他总是很难过,觉得深深的惭愧,暗自求"她"原谅……遇到空闲的当儿,或者失眠的夜晚,他回忆自己的童年、父亲、母亲,总之回想亲人的时候,他一定也会想起梅斯捷奇金村、那头怪马、冯·拉别克、他那长得像厄热尼皇后的妻子、那黑房间、门缝里漏进来的那一线亮光……

八月三十一日,他从露营地回去,然而不是跟整个炮兵旅,而是只跟其中的两个连一块儿走。他一路上梦想着,激动着,好像在回故乡似的。他热烈地盼望着再看见那匹怪马、那个教堂、冯·拉别克那个不诚恳的家庭、那黑房间。常常欺骗情人的那种"内心的声音",不知什么缘故,向他悄悄说,他一定会看见她……他给种种疑问折磨着:他会怎样跟她见面?他跟她谈什么好呢?她忘了那回的亲吻没有?他想,就算事情真糟到这种地步,他竟不能再见到她,那么光是重走一遍那个黑房间,回想一下,在他也不失为一种乐趣……

将近傍晚,远远的地平线上出现了那熟悉的教堂和白色的谷仓。里亚博维奇的心怦怦地跳起来……他没听见跟他并排骑着马的军官对他说了些什么,他把一切都丢在脑后,眼巴巴地瞧着在远处发亮的那条河,瞧着那所房子的房顶,瞧着鸽子窝,在夕阳的残辉中鸽子正在那上面飞来飞去。

他们走到教堂那儿,听设营官指定宿营地的时候,他时时刻刻巴望有一个骑马的人会从教堂的围墙后面走出来,请军官们去喝茶,可是……设营官讲完话,军官们下马,溜达到村里去了,那个骑马的人并没有来……

"冯·拉别克马上会从农民那儿听说我们来了,于是派人来请我们,"里亚博维奇想,这时候他走进农舍,不明白为什么一个同事点亮了一支蜡烛,为什么勤

老　年　集

务兵忙着烧茶炊……

　　他心神不定。他躺下去,随后又起来,瞧着窗外,看那骑马的人来了没有。可是骑马的人没来。他就又躺下去,可是过了半个钟头他起来,压不住心里的不安,就走到街上,向教堂走去。靠近教堂围墙的广场上又黑又荒凉……在下坡路那儿有三个兵士默默地排成一行,站在那儿。他们一看见里亚博维奇,就挺起腰板,行军礼。他回礼,开始顺着那条熟悉的小路走下去。

　　河对面,整个天空一片紫红色:月亮升上来了。有两个农妇大声说话,在菜园里摘白菜叶子。菜园后面有些小木房,颜色发黑……这边岸上的一切跟五月间一样:小路、矮树丛、挂在河面上的垂柳……不过那只勇敢的夜莺的声音却没有了,白杨和嫩草的香气也没有了。

　　里亚博维奇走到花园,往门里瞧,花园里黑暗而安静……他只看见近边桦树的白树干和一小段林荫路,别的东西全都化成漆黑的一团。里亚博维奇聚精会神地瞧着,听着,可是站了一刻钟工夫,既没听见一点儿声音,也没看见一点亮光,他就慢慢地往回走……

他走下坡,到了河边。将军的浴棚和挂在小桥栏杆上的浴巾,在他前面现出一片白色……他走到小桥上,站了一会儿,完全不必要地摸了摸浴巾,浴巾又粗又凉。他低下头看水……河水流得很快,在浴棚的木桩旁边发出勉强能听见的潺潺声。靠近左岸的河面上映着红月亮。小小的涟漪滚过月亮的映影,把它拉长,扯碎,好像要把它带走似的……

"多么愚蠢,多么愚蠢啊!"里亚博维奇瞧着奔流的水,想着,"这是多么不近情理啊!"

现在他什么也不再盼望了,他这才清清楚楚地了解了那件亲吻的事、他的焦躁、他的模糊的希望和失望。他想到他没有看见将军的使者,想到他永远也不会见到那个原该吻别人却错吻了他的姑娘,不再觉得奇怪了。刚好相反,要是他见到了她,那倒奇怪了……

河水奔流着,谁也不知道它流到哪儿去,为什么流。五月间它也像这样流,五月间它从小河流进大河,从大河流进海洋,然后化成蒸气,变成雨水,也许如今在里亚博维奇面前流过去的仍旧是原先的那点儿水吧……这是为什么?为什么呢?

里亚博维奇觉得整个世界,整个生活,都好像是一个不能理解的、没有目的的玩笑……他从水面上移开眼睛,瞧着天空,又想起命运怎样化为一个不相识的女人对他偶然温存了一下,想起他的夏天的迷梦和幻象,他这才觉得他的生活异常空洞,贫乏,没有光彩……

他回到他的农舍里,没有碰见一个同事。勤务兵报告他说,他们都到"冯特利亚勃金将军"家里去了,因为将军派了一个骑马的使者来邀请他们……一刹那间里亚博维奇心里腾起一股欢乐,可是他立刻扑灭它,上了床。他存心跟他的命运作对,仿佛要惹它气恼似的,偏不到将军家去。

冷　血

一列很长的货车在这个小火车站上已经停了很久。火车头闷声不响,仿佛熄了火似的。火车附近和小车站的门里没有一个人影。

从一节车皮射出一道苍白的光,爬过一条备用线的铁轨。在那节车皮里,有两个人坐在一件铺开的毡斗篷上:一个是老人,有一把挺大的白胡子,穿一件羊皮袄,戴一顶高高的羔皮帽,有点像高加索一带那种羊皮高帽。另一个是没生胡子的青年,穿一件破旧的厚呢上衣,脚上是一双沾了烂泥的高筒靴。他们是货物的托运人。老人坐着,脚向前伸出去,沉默不语,在思索什么事。青年半躺半坐,拉着一个便宜的手风琴吱哩吱哩响,声音低得几乎听不见。有一盏灯挂在他们附近的墙上,灯里点一支牛油烛。

这节车皮装得满满的。谁要是在昏暗的灯光中瞧一瞧货物,那么最初他的眼睛就会看出这儿有一种不定形的怪东西,一种肯定活着的东西,像是大螃蟹,活动着螯和须,挤在一块儿,悄悄地沿着光滑的墙向车顶上爬过去。不过,人若是凝神看一看,那么在昏暗里就开始清楚地现出犄角和犄角的影子,然后现出精瘦的长背、肮脏的皮毛、尾巴、眼睛。原来那是牛和牛的影子。这节车皮里一共有八头牛。有的牛扭转身来,瞧着这两个人摇尾巴,有的极力要躺下去,或者站得舒服点。它们很挤。要是有一头牛躺下去,别的牛就得站着,挤在一块儿。这儿没有牲口槽,没有拴牛桩,没有草垫,没有一根干草①……

---

① 在许多铁路上,为了避免发生不幸事故而禁止携带干草上车,因此活牲口一路上就没有东西可吃。——俄文本编者注

经过长久的沉默以后,老人从口袋里拿出一只银表,瞧一瞧现在是什么时间:两点一刻。

"我们在这儿停靠差不多有两个钟头了,"他说,打了个呵欠,"还是去催一催他们的好,要不然我们就会在这儿熬到天亮。他们睡着了,或者上帝才知道他们干什么去了。"

老人站起来,跟他的长影子一块儿小心地下了货车,走进黑暗里。他沿着这列火车向火车头走去,经过大约二十节货车,看见一个开了炉门的红火炉。有个人一动也不动地对着炉子坐着,他那鸭舌帽、鼻子、膝头,染着紫红的火光,其余的部分是黑的,跟黑暗的夜色混在一起分不大清了。

"我们还要在这儿停很久吗?"老人问。

没有回答。那个不动的人分明睡着了。老人烦躁地嗽了嗽喉咙,由于天气阴潮而缩起脖子,绕过火车头走去。这时候,火车头的两道明晃晃的灯光一刹那间照着他的眼睛,他觉得夜色越发黑了。他向火车站走去。

车站的月台和台阶是湿的。这儿那儿,有一摊摊不久以前落下来的白雪在融化。火车站里却又亮又热,跟浴室里一样。有煤油的气味。这儿除了一架磅秤和一张不大的黄色长沙发,长沙发上有一个穿着列车员制服的人躺着睡觉以外,根本什么摆设也没有。左边有两扇敞开的门。从一个门口望进去,可以看见一架电报机和一盏安着绿罩子的灯。从另一个门口可以看见一个不大的房间,倒有一半给黑色的食器橱占去了。在这个房间里,列车长和火车司机坐在窗台上。他俩一面揉搓着手中的一顶帽子,一面在争论。

"这不是真的海龙皮,是冒牌货,"司机说,"真正的海龙皮不是这个样子。不怕您见怪,这顶帽子至多值五卢布!"

"您倒懂得不少……"列车长说,不高兴了,"五卢布!我们马上来问问这个商人就是。马拉欣先生,"他对老人说,"您说说看:这是假海龙还是真海龙?"

老马拉欣用手接过帽子来,带着内行的神气摸了摸皮子,吹一吹,再凑到鼻子上闻一闻,他那气愤的脸上忽然现出轻蔑的笑容。

"这一定是假货!"他高兴地说,"这是假货。"

他们吵起来了。列车长硬说帽子上的海龙皮是真货,司机和马拉欣极力想说服他,说这不是真货。吵到半中腰,老人忽然想起他上这儿来的目的了。

"海龙归海龙,帽子归帽子,可是火车却停着没走啊,诸位先生!"他说,"怎么啦?在等什么人呀?开车吧!"

"开车吧,"列车长同意,"我们再抽一支烟就开车吧。不过也不必着急……反正到了下一站我们还是得等着!"

"为什么呢?"

"哦……我们误点太多了……要是在一个车站上误了点,那到了下一站就不能不耽搁,先放对面来的列车过去。现在开车也好,明天早晨开车也好,反正我们已经不能算是第十四次车了。我们大概要改成第二十三次车了。"

"您怎么算出来的?"

"哦,就是这么算的。"

马拉欣带着探询的神情瞧了瞧列车长,思忖一下,随口嘟哝着,仿佛在自言自语似的:

"上帝作证,我已经算了一下,甚至记在一个本子上了。我们一路上光是停车就耗掉了三十四个钟头。先生们,如果你们照这样下去,结果就会这样:要么我的这些牛都死掉,要么就算我到了那边,牛肉也卖不上两卢布了。这不是赶路,这简直是倾家荡产!"

列车长拧起眉毛,叹口气,那神情好像想说:"这话不幸是实在的!"司机一声不响,瞧着帽子发呆。凭他们两个人的脸色可以看出来,他们都怀着同样隐秘的思想,他们不说出来倒不是因为他们想掩盖,而是因为这样的思想用沉默比用话语更能传达。老人明白了。他伸手到口袋里拿出一张十卢布的票子,既没有说几句开场白,也没有改变声调和脸色,而是带着大概只有俄罗斯人在授受贿赂的时候才会有的那种信心和爽快,把票子递给列车长。列车长接过来,一句话也没说,把它叠成四折,不慌不忙地放进口袋里。这以后他们三个人走出房间,在路上叫醒列车员,到站台上去了。

"什么天气啊!"列车长抱怨道,耸了耸肩膀,"黑得要命!"

"是啊,这天气真糟糕。……"

从窗口可以看见电报员的亚麻色脑袋在绿灯和电报机旁边出现。没过多久,在电报员脑袋旁边又出现一个脑袋,此人一脸胡子,戴着红帽子,那一定是站长。站长低下头凑着桌子,正在读一张蓝色公文纸上的字,用烟卷顺着一行行字很快地画下去……马拉欣向他的货车走去。

他的旅伴,那个青年,仍旧半躺半坐,拉着手风琴,声音低得听不清。他比孩子大不了多少,还没有长出唇髭。他那颧骨高高的丰满的白脸现出孩子气的沉思神情。他的眼神不像大人，显得忧郁而温顺，可是他肩宽背厚，身体强壮、笨重、粗鲁，跟老人一样。他不动，也不变换姿势，好像搬不动自己那粗大的身躯似的。仿佛他只要动一动，身上就会有什么地方裂开，或者发出一片响声，弄得他自己和那些牛惊吓起来。他那又肥又大的手指头笨拙地按着手风琴的琴键，从这些手指头下面连绵不断地传出一种微弱细小的响声，合成一个朴素单调的旋律。他听着，分明很满意自己的手法。

铃声响了，可是声音那么含混，好像不是从近处，而是从很远的地方传来的。跟着又来了急促的第二遍铃声，然后是第三遍，列车长吹哨子了。在深深的寂静中过了一分钟，货车仍旧停在原地不动，可是车底下传来一种含混的声音，像是雪橇的滑铁辗雪的声音。紧跟着货车摇动一下，那声音就停了。接着又是一片沉寂。可是马上来了缓冲器的碰撞声，货车受到猛烈的碰撞而颠动一下,好像往前跳跃了一步。牛都摔下去,倒在彼此的身上。

"只求你到下一个世界也吃这样的苦头才好!"老人嘟哝着,摆正他的高帽子,刚才火车一颠,帽子已经滑到后脑勺上去了,"照这样,他要把我的牲口都弄得受伤了!"

亚沙一句话也没说,站起身来,抓住一头倒下去的牛的犄角,扶它站立起来……这一颠以后又没有动静了。辗雪的声音又从货车底下传来,仿佛货车稍稍倒退了一下。

"马上又要震动了。"老人说。

果然,那种痉挛穿过整列火车,碰撞声传来,火车颠动一下,牛又摔下去,倒在彼此的身上。

"真费劲啊!"亚沙留神听着,说,"火车一定很重。它好像动不得了。"

"以前它并不重,可是现在忽然重起来了。不对,我的孩子,这是说,列车长没有把钱分给他。去,给他送点钱去,要不然,他就会把我们一直颠到明天早晨的。"

亚沙从老人手里接过一张三卢布的票子,跳下货车。他那笨重的脚步声在货车外面低沉地响起来,接着,渐渐消失了。随后是沉静……隔壁的一节货车里,一头公牛发出一声悠长而低沉的叫声,仿佛在唱歌似的。

亚沙回来了。一股又潮又冷的风扑进货车里来。

"关上门,亚沙,我们睡吧,"老人说,"何必白白点着蜡烛呢?"

亚沙拉动沉重的门。火车头的汽笛鸣响,列车开动了。

"好冷!"老人嘟哝着,在毡斗篷上躺下,把脑袋枕在一个包袱上,"在家里多好啊!那儿又温暖,又干净,又软和,有地方可以祷告,在这儿我们却比猪还苦。我已经有四天四夜没脱过靴子了。"

亚沙的身子由于火车震动而摇摇晃晃,他打开挂灯的小门,用湿手指头掐掉烛心。烛火闪烁了一下,像炒锅一样嘶嘶响,随后就灭了。

"对了,我的孩子……"马拉欣接着说,听见亚沙在他身边躺下,觉得那年轻的阔大的背贴着他自己的背了。"这儿很冷。每条缝里都不住地吹进风来。要是你妈妈或者妹妹在这儿睡上一夜,那么到第二天早晨准保冻死了。就是这么的,我的孩子,你不肯像你哥哥那样念书,进中学,那你只好跟你爸爸一块儿运这些牛了。这是你自己不好,你只能怨自己……现在你哥哥正在床上睡觉,盖着被子,可是你呢,吊儿郎当,懒懒散散,只好跟牛待在一块儿……是啊……"

在火车的隆隆声中,老人的话听不清楚了,可是他仍旧唠叨很久,叹气,嗽喉咙。这辆货车的冷空气渐渐变得越来越稠密、闷人。新粪和蜡烛的焦气发出刺鼻的气味,弄得空气难闻,酸臭,亚沙在昏睡中嗓子和胸膛发痒。他嗽喉咙,打喷嚏;老人却习惯了,仿佛没什么不合适似的,用整个胸膛呼吸着,只是偶尔咳几声罢了。

凭火车的摇晃和车轮的隆隆声来判断,火车开得很快,可是不稳。火车头大声地喘息,它喷气的声音跟火车的隆隆声合不上拍子,它们合起来成了一种沸腾的声音。那些牛不安地挤在一块儿,它们的犄角撞击着车壁。

老人醒来的时候,清晨的深蓝色天空从车壁的裂缝和敞开的小窗口钻进来。他觉得冷得难受,特别是背脊和两只脚。火车停住了。亚沙带着睡意,一脸的不高兴,正在那些牛旁边忙碌着。

老人醒来,心绪不好。他皱起眉头,沉下脸,生气地嗽一嗽喉咙,从眉毛底下瞧着亚沙,亚沙正用强壮的肩膀顶住一条牛的胸脯,微微把它举起来,极力解开它腿上的绳子。

"昨天晚上我就跟你说过绳子太长,"老人叨唠着说,"可是没用,'不算太长,爸爸!'叫你做点事,你总是不听,什么事你都由着自己的性子干……蠢货。"

他生气地拉开门,亮光涌进货车里来了。一列客车正好停在门对面,那列客车的后面是一所有遮阳的红房子,这是个大火车站,设有食堂。车顶和车台、土地、枕木上都铺着薄薄的一层新落下来的松软的雪。可以看见乘客们在客车车厢中间的平台上来来往往。有一个红头发、红脸膛的宪兵在来回踱步。有一个仆役穿着礼服和雪白的胸衣,没有睡足,现出怕冷的样子,大概很不满意自己的生活,正在月台上跑着,手里托着一个盘子,盘子上放着一杯茶和两块面包干。

老人起来,开始面向东方念祷告词。亚沙安顿好那条公牛,把铲子放在角落里,也站到他旁边来念祷告词。他光是动着嘴唇,在胸前画十字。父亲却大声念出来,把每段祷告词的末尾念得又响又清楚。

"……以及来世的生活。阿门!"老人大声念着,吸一口气,立刻又念另一段祷告词,一念到末尾声调就清楚而坚定:"……而且把你的小牛献到祭坛上!"

念完祷告词,亚沙急急忙忙在胸前画了个十

字,说:

"请您给我五戈比。"

一拿到五戈比的硬币,他就提起一把红的铜茶壶,跑到车站上去买开水。他大步跳过铁轨的枕木,在羽毛样的白雪上留下大脚印,一路上把茶壶里昨天的剩茶倒干净,往食堂那边走去,同时拿那五戈比的硬币敲得茶壶叮当响。从货车里可以看见食堂老板推开那把大茶壶,不肯为五戈比卖掉差不多半个茶炊的开水,可是亚沙自己拧开了龙头,张开胳膊肘不让人家来干涉,给他的茶壶斟满了开水。

"该死的坏蛋!"食堂老板眼看亚沙跑回货车,就对着他的后影嚷道。

到喝茶的时候,马拉欣那阴沉的脸才算开朗了一点儿。

"我们会吃会喝,可就是记不得正事,"他说,"昨天一天我们没干别的,光是吃啊喝的,大概就连花掉的钱都忘了记账。什么记性啊,我的天!"

老人一面回想,一面念出昨天的一笔笔开销,在一个破笔记本上记下他在什么地方给了列车长、司机、擦油工人多少钱……

这当儿客车早已开走了,一个值班的火车头在空铁道上驶来驶去,仿佛并没有什么一定的目的,纯粹因为自由自在而高兴似的。太阳已经升上来,照得白雪发亮;从车站的遮阳上和货车顶上落下一滴滴明亮的水珠。

喝完茶,老人走下货车,慢吞吞地溜达到车站去。在车站的头等车乘客候车室中央站着他认识的列车长和站长,站长是个青年人,留着一把好看的胡子,穿一件漂亮的粗呢大衣。这个青年大概不习惯站在一个地方不动,总是优雅地调换两只脚把身子的重心一会儿放在左脚上,一会儿移到右脚上,像是一匹善于长跑的骏马。他这边看看,那边望望,看见每个过路的人都把手伸到帽檐上行个礼,眯细眼睛,微微笑着……他脸颊绯红,身子结实,心情畅快。他的脸上洋溢着热诚,神采焕发,仿佛他刚从天上跟那些羽毛样的雪一块儿落下来似的。列车长看见马拉欣,就惭愧地叹口气,把两手一摊。

"我们不能走第十四次车了!"他说,"我们误点太多了。已经有另外一列车走第十四次车了。"

站长很快地翻看了几张公文纸,然后把他那热情的蓝眼睛掉过来瞧着马拉欣,微微笑着,向后者呼出清新的气息。他向马拉欣提出了一连串的问题:

"您是马拉欣先生吗?您运牛吗?八车?现在怎么办呢?你们误点了,昨晚我已经让第十四次车开出去了。现在我们该怎么办才好呢?"

青年人用两个粉红的手指头小心地捏着马拉欣的短皮袄上的毛,调换着脚,亲热而恳切地对他解释说,某次车已经开走,某次车正要开走,他愿意尽自己的能力为马拉欣做一切事情。凭他的脸色看得出来,他真的不但愿意做任何事情来使马拉欣高兴,甚至愿意尽力使全世界高兴。他是那么幸福,那么满意,那么快活!老人听着,虽然完全弄不懂火车复杂的车次制度,却还是赞许地点头,也伸出两个手指头去摸站长那件厚呢大衣上的软毛。他看着这个体面而殷勤的青年,听着他讲话,觉得很畅快。为了也表一表自己的好意,他就拿出一张十卢布票子,想了一想,又添上两张一卢布票子,递给站长。站长接过去,把手指头伸到帽檐那儿行个礼,然后优雅地把钱往口袋里一塞。

"听我说,诸位先生,我们不是可以照这样办吗?"他忽然想起一个刚刚来到他脑子里的新办法,就说,"军用列车误点了……你们看……它还没来……那么你们何不就算做军用列车呢?① 我让军用列车走第二十八次车好了。怎么样?"

"依您就是。"列车长同意。

"好极了!"站长高兴地说,"既是这样,那你们就

---

① 凡是经特别指定做运输军队用的火车就叫做军用列车;没有军队可运的时候,这列车就运输货物,它比普通的运货列车走得快。——俄文本编者注

用不着在这儿等了,马上就开车吧!我立刻去吩咐把你们这一列车放出去!好极了!"

他把手举到帽檐那儿向马拉欣行了个礼,就跑着回他的房间去了,一路上翻看着公文。老人对刚才的一番谈话很满意。他微笑着,瞧了瞧整个候车室,好像要找一找这儿还有什么称心的东西没有。

"我们不妨去喝一盅。"他拉住列车长的胳膊说。

"喝酒好像还太早一点吧。"

"不,您就让我做个东道吧。"

他俩就走到食堂去了。喝完一杯酒,列车长花了不少工夫挑选下酒的菜。

他是个上了年纪的、很胖的人,脸颊鼓起,可是没有血色。他胖得令人讨厌,皮肉松弛,脸色发黄,凡是喝酒太多和不按时睡觉的人都是那样。

"现在可以再喝一杯,"马拉欣说,"这会儿天冷,应该喝点酒。吃吧,请!这样看来,我可以仰仗您了,列车长先生,一路上不会再有麻烦或者不痛快的事了。

因为您知道,讲到我们这种牲口生意,每个钟头都是宝贵的。今天肉是一个价钱,到明天,您瞧,又是另一个价钱了。要是耽误一两天,没卖上好价钱,那就没钱可赚,回家的时候——对不起,我要说句粗话——连裤子都没有了。请再喝点……我仰仗您了,讲到请您吃点什么,或者您想要点什么,那我是随时愿意表表自己的心意的。"

请列车长吃喝以后,马拉欣回到货车上。

"我刚才做了笔好买卖,我们这趟车改成军用列车了,"他对儿子说,"我们要走得快了。列车长说,要是我们一路走这趟车,明天傍晚八点钟就可以到了。要是不动脑筋,我的孩子,那就什么事也办不成……就是这样的……你得留神学着点儿……"

第一遍铃声响过以后,一个脸孔沾满煤烟因而发黑的男子走到这节车皮的门前来。他穿着一件衬衫和一条肮脏的破裤子,裤腿没有塞在靴筒里。这人是擦油工人,他刚才爬到货车底下,用锤子敲击车轮。

"先生,这几节车皮装的是您的牛吗?"他问。

"是啊。怎么样?"

"是这样的,有两节车皮出了毛病。不能把它们开走,它们得留在这儿等待修理。"

"唉,得了,别瞎扯了!你不过要喝一盅酒,要我塞给你几个钱罢了……那你实话实说得了。"

"随您怎么说,可是我有责任马上把这件事报告上去。"

老人既没生气,也没分辩,却心平气和,几乎不由自主地从口袋里拿出两个二十戈比的硬币,递给擦油工人。那人也极其心平气和地接过去,好意地瞧着老人,和他攀谈起来:

"那么您是去卖牲口吧……这可是好买卖!"

马拉欣叹口气,心平气和地瞧着擦油工人的黑脸,告诉他说:做牲口生意,从前倒的确有钱可赚,不过现在却变成冒险的赔钱生意了。

"我这儿还有个伙伴,"擦油工人打断他的话,

"您,商人先生,不妨也赏他几个钱吧……"

马拉欣就也给那伙伴一点钱……军用列车走得快,在各站停靠的时间比较短。老人满意了。那个穿厚呢大衣的青年留下的愉快印象深深地印在他的记忆里,他喝下的那点白酒弄得他的头脑微微发晕。天气也真好,一切都好像很顺利。他讲个没完,每到一个停车的地方就赶到食堂去。他觉得需要一个人听他讲话,就时而带着列车长一块儿去,时而带着司机,并且不是光喝酒,而是消磨不少工夫,一面碰杯,一面讲话。

"你们有你们的行业,我们有我们的行业……"他带着亲热的笑容说,"求上帝保佑我们,也保佑你们,但愿按上帝的意思,而不是按我们的意思做……"

喝了白酒,他渐渐兴奋起来,一心想干正经事了。他想张罗一下,忙碌一下,打听打听,不断地讲话。他时而摸口袋,摸包袱,找什么单据,时而想起一件事,可又想不清楚,时而拿出钱夹子,无缘无故地把钱重新数一遍。他忙忙碌碌,唉声叹气,战战兢兢,合起手掌……他把京城里肉商寄来的信和打来的电报,账单,邮局和电报局的收据,公文纸以及自己的笔记本摊在面前,把他所想的说出来,硬逼着亚沙听他讲。

等到他看厌了表格,谈厌了市价,他就在火车停靠的时候在装牛的各节货车之间跑来跑去,什么事也不干,光是举起双手轻轻地一拍,惊恐地叫喊起来:

"哎呀,我的天啊!我的天啊!"他用凄苦的声调说,"神圣的殉教徒符拉西①!虽然它们是公牛,虽然它们是畜生,可是它们也跟人一样要吃要喝啊。它们已经有四天四夜没吃没喝了。哎呀,我的天啊,我的天啊!"

亚沙是个听话的儿子,他跟着父亲走,要他做什么就做什么。老人常去食堂,他却不高兴。虽然他怕父亲,可他还是忍不住要说几句。

"瞧,您又来了!"他说,严厉地瞪着老人,"您干吗

---

① 根据东正教传说,殉教徒符拉西是一个遵守教规的牧人,是牲畜的保护者。

这么高兴？难道今天是您的命名日还是怎的？"

"不准你教训父亲。"

"瞧您养成了什么习气……"

每逢亚沙用不着跟随父亲奔走的时候，他就坐在毡斗篷上，拉手风琴。偶尔，他也走出货车，沿着列车懒洋洋地走动。他在火车头旁边站住，双目久久地紧盯着车轮，或者瞧着工人把一块块木头丢到煤水车上。烧热的火车头在喘气，木块一掉进去就发出新木料那种清脆、结实的爆裂声。司机和他的助手是十分冷漠、不动心的人，做出种种莫名其妙的动作，一点也不忙。亚沙在火车头旁边站了一会儿，就懒洋洋地溜达到火车站去。到了火车站，他看遍食堂里的吃食，出声读一张完全没趣味的布告，然后慢吞吞地回到货车上去。他的脸既没表现烦闷，也没表现欲望；仿佛不管在什么地方，在家里也好，在货车上也好，在火车头旁边也好，对他来说都一个样……

傍晚时分，这列火车停在一个大火车站附近。铁路线上的灯刚刚点亮;灯光衬着蓝色背景,在新鲜清澈的空气里,显得透明而苍白,跟星星一样;只有火车站天篷底下的那些灯才发红发亮,那儿已经黑下来了。所有的铁道上都有车辆,好像再开来一列火车就没处停了。亚沙跑到火车站买开水来冲晚茶。装束考究的上流女人和中学生正在月台上散步。要是从月台上往远处望,就可以看见车站两边,幽暗的暮色中有些遥远的灯火在闪亮。那是一座城。什么城呢?亚沙却没心思去管它。他只看见火车站外边那些昏暗的灯火和难看的房子,听见马车夫嚷叫,觉得刺骨的寒风吹到脸上来,心想那个城大概不好,不舒服,沉闷⋯⋯

等到喝茶的时候,天已经完全黑了,墙上跟昨天傍晚一样又挂上了灯。忽然火车微微一震动,颤抖起来,轻轻地往后退去。退了一小段路,就停下来了。他们听见不清楚的嚷叫声,有人敲着缓冲器旁边的铁链,嚷道:"行了!"火车开动,往前驶去。大约十分钟以后,它又给拖回来了。

马拉欣走出货车,认不得他的这列火车了。他的八节牛车跟几节不高的敞篷货车排成一列,那些车辆原先并不属于这列火车,其中有两三节装着乱石,别的都空着。在这列火车旁边跑来跑去的列车员都是些生人。他问他们话,他们只勉强而含混地回答一句。他们没有心思理睬马拉欣,他们正在忙着把这列火车挂好,为的是赶快办完事,回到暖和的地方去。

"这是哪一次车?"马拉欣问。

"第十八次车!"

"可是军用列车在哪儿?为什么把我的车从军用列车里拆下来了?"

没有人答话,老人只好走到火车站去。他先找他认识的列车长,却没找到,就去找站长。站长坐在自己房间的桌子旁边,翻看一叠公文。他很忙,假装没看见走进来的人,他的相貌很威严:一头剪短的黑发,两只招风耳,一根钩子样的长鼻子,一张黝黑的脸。他脸色阴沉,仿佛在怄气似的。马拉欣开始对他冗长地诉说自己的要求。

"什么？"站长问，"这是怎么回事？"他往椅背上一靠，接着愤慨地问下去，"什么？为什么您不该走第十八次车？您说得清楚一点，我听不懂！怎么？您要我有分身法，样样事情同时抓吗？"

他向马拉欣提出一大串问题，不知为什么变得越来越凶了。马拉欣已经在口袋里摸皮夹子，可是到头来，站长不知什么缘故感到受了委屈，十分生气，他从椅子上跳起来，离开了房间。马拉欣耸耸肩膀，走出去找别人说话去了。

要就是由于烦闷，要就是由于想给这忙碌的一天再添点忙，要就只是由于他的目光偶尔落到一扇印着"电报"两个字的小窗子上，总之，他走到窗口，说要打电报。他拿起一支钢笔，想了想，在一份蓝纸上写道："加急电报。运输处长台鉴。八节车皮的活牲口。在各站受到留难。请即指定快车车次。复电费已付。马拉欣。"

打出电报以后,他又走到站长室去。在那儿,他发现在一个蒙着灰色呢套子的小长沙发上坐着一个上流人,仪表端庄,生着络腮胡子,戴着眼镜和一顶貂皮帽子。他穿的皮袄很特别,像是女人穿的,用皮子镶边,肩上有穗带,袖子开衩。他面前站着另一个上流人,长得很瘦,可是精壮,穿着铁路查票员的制服。

"您可再也想不到,"查票员对那个穿怪皮袄的上流人说,"我要跟您讲一件稀奇古怪的事!Z铁路不动声色,暗中偷走了N铁路的三百辆车皮。这是实在的事,先生!我敢当着上帝赌咒!他们把车皮弄走,重新涂一层油漆,写上他们自己的字母,于是万事大吉!N铁路派出密探到各处侦察,他们找了又找,后来,您瞧,他们偶然发现Z铁路的一辆破车皮。他们拉到自己的车房里去修理,忽然间,真是难以相信,他们在车轮和轮轴上看见了他们自己的印记。您看如何?啊?要是这事是我干的,他们就会把我发配到西伯利亚去,可是他们对铁路局却马马虎虎就算了!"

老 年 集

马拉欣喜欢跟有知识、有教养的人谈天。他摸摸胡子,尊严地参加了谈话。

"诸位先生,比方,拿这个例子来说,"他开口道,"我正在运牲口到×地。满满的八车。挺好……您猜怎么着,每一车皮牲口他们要收六百普特①重的货物的运费。八头牛哪儿有六百普特重,那要轻得多,可是他们才不管呢……"

这当儿亚沙走进房间,找他的父亲来了。他听着,想在椅子上坐下来,可是大概想到自己的身子重,就走开,坐到窗台上。

"他们才不管呢,"马拉欣接着说,"而且硬要我跟我儿子出三等车的车票钱四十二卢布,因为我们要在货车里跟公牛待在一块儿。这是我儿子亚科夫②。我家里还有两个儿子,可是他们上学念书去了。哼,这且不说,依我看呐,铁路把牲口商人弄得倾家荡产了。早

---

① 俄国重量单位,1普特等于16.38公斤。
② 前文"亚沙"是"亚科夫"的小名。

先,人家赶着一群群牲口走路,生意倒好做得多。"

老人说话拖拖拉拉,长得很。每说完一句,他就瞧一瞧亚沙,好像要说:"瞧,我在怎样跟有学问的人谈话!"

"唉!"查票员打断他的话,"谁也不愤慨,谁也不批评一句!为什么?那很简单。可恶的事,只有在偶然发生的时候,在它破坏了秩序的时候,才会引人注意,惹人愤慨。而在此地,实在糟极了,这种事却已经是早已风行的常规,成为秩序本身的基础,每一条枕木都带着它的烙印,冒着它的气味,这种事很快就成了习惯!就是这么的,先生!"

第二遍铃声响了。穿怪皮袄的上流人站起来。查票员挽着他的胳膊,仍旧热烈地谈着,跟他一块儿到月台上去了。响过第三遍铃声,站长跑进房间里来,在他的桌子旁边坐下。

"请问,我跟哪一次车走?"马拉欣问。

站长瞧着一张公文纸,气愤地说:

"您是马拉欣吗?八节车皮?每节车皮您得付一卢布,此外您还得付六卢布二十戈比的印花费。您没有贴印花。那么一共付十四卢布二十戈比。"

他拿到钱,写了几个字,用沙土吸干墨水,生气地从桌子上抓起一卷表格,很快地走出房间去了。

傍晚十点钟,马拉欣接到运输处长的回电:"优先放行。"看完电报,老人意味深长地眨了眨眼睛,很满意自己,就把它塞进口袋。

"哪,"他对亚沙说,"瞧着,学着点。"

到半夜,他那列车开走了。夜色跟昨晚一样黑,天也一样冷。每站停留的时间长了。亚沙坐在毡斗篷上,心平气和地拉手风琴,老人仍然心不定,想干点什么。到了一个火车站,他起意要递个状子上去。有一个宪兵答应他的请求,坐下来写道:"一八八✕年十一月十日,N铁路局宪警处Z区军士伊里亚·切列德根据一八七一年五月十九日法令第一款在X车站起草此项报告,内容如下……"

"底下写些什么呢?"宪兵问。

马拉欣在他面前摊开公文纸、邮件和电报收据、账单……他自己也不大清楚他要宪兵写些什么。在这报告里,他想写的不是哪一件单独的事情,而是整整这一趟旅行的经过,说明他所有的损失,跟站长们的谈话,而且要写得又冗长又刻薄才行。

"写下在Z站,"他说,"站长把我乘的几节车皮从军用列车上摘下来,是因为他不喜欢我的相貌。"

他要求宪兵一定要写到他的相貌。宪兵疲倦地听着,没听完他的话就接着写下去。他照这样结束他的报告:"军士切列德在此报告中陈报事项如上,此项报告送呈Z区区长,并将副本发给加夫里尔·马拉欣。"老人接过副本来,把它塞在他的里面口袋里装得满满的那些文件纸当中,十分满意,走回他的车皮去了。

早晨,马拉欣醒来,又心绪恶劣,可是他的怒气没有发泄在亚沙身上,却发泄到牛身上去了。

"这些牛完蛋了!"他抱怨道,"它们完蛋了! 它们只剩最后一口气了!真遭罪,它们都要死了!呸!"

那些公牛有许多天没喝水了,渴得要命,就舔车壁上的霜,等到马拉欣走到它们面前,它们就开始舔他的凉冰冰的皮袄。凭它们那发亮的、含泪的眼睛看得出来,它们给口渴和颠簸折磨得筋疲力尽,又饥饿又痛苦。

"运你们这些该死的畜生真倒霉!"马拉欣嘟嘟哝哝地说,"你们快点死掉倒也罢了!瞧着你们我心里不好受啊。"

到中午,火车停在一个大火车站上,依照铁路规章,这火车站有清水供应活牲畜喝。马拉欣就给牛喝水,可是公牛不喝,水太凉了……

又过了两天两夜,京城终于在远处烟雾弥漫中出现了。旅程结束了。火车没有开到那座城就在一个货站附近停下来。公牛从货车里放出来。它们摇摇晃晃,绊绊跌跌,好像在光滑的冰上走路似的。

马拉欣和亚沙卸完牲口,办完兽医的检查手续,就在城郊一家肮脏、便宜的客店里歇脚,那边的广场正是做牲口生意的市场。他们的住处肮脏,吃食难于下咽,跟家里全不一样。他们在一个糟糕的音乐队的刺耳的乐声中睡觉,那种乐声一天到晚在这家客店下面的饭店里闹个不停。老人一清早就出去找买主,亚沙一连好几天坐在客店的房间里,或者出门上街去看一看这座京城。他看见畜粪狼藉的肮脏广场,看见饭馆的招牌,看见迷雾中修道院的齿状围墙……有时候他跑到街对面去,看杂货店的窗子,欣赏装着各色蜜糖饼干的罐子,打呵欠,懒洋洋地走回房间去。这座京城引不起他的兴趣。

临了,公牛卖给一个商人了。马拉欣雇了些赶牲口的人。所有的公牛分成每十头一群,给赶到城的另一头去了。那些公牛乏透了,耷拉着脑袋走过热闹的街道,冷淡地瞧着它们生平第一次,而且也是最后一次看见的东西。衣服破烂的赶牛人跟在它们后面,也耷拉着脑袋。他们烦闷……偶尔有个赶牛人从沉思中惊醒过来,想起他前面有些交托他经管的牛,为要表示他做事尽责,就捞起一根木棒使劲打在一头公牛的背上。公牛痛得摇摇晃晃,往前窜了十几步,向四下里瞧一眼,好像当着许多生人挨打很难为情似的。

马拉欣和亚沙卖掉牛,买了许多就是在家乡也买得到的东西,预备带回去送给家人,随后就打点着动身回家。在开车三个钟头以前,老人已经跟买主一块儿喝得颇有醉意,因此又坐立不安了,就带着亚沙下楼到饭店里坐下来喝茶。他跟所有的内地人一样,不能独自一个人吃喝,他总得找个跟他自己一样忙忙乱乱又爱扯淡的人做伴。

"把老板叫来!"他对仆役说,"告诉他说我请他喝茶。"

客店老板是一个保养得很好、对旅客十分冷淡的男子,他走过来,在桌子旁边坐下。

"嗯,我们的货物脱手了!"马拉欣笑着对他说,"我把我的山羊卖成了老鹰的价钱。当然啰,我们动身的时候,肉价是三卢布九十戈比,可是等我们到了此地,价钱已经落到三卢布二十五戈比。他们告诉我们说,我们来得太迟,要是早来三天就好了,因为现在肉生意清淡,圣菲里普斋期①到了……知道吗?简直是一团糟!这样一来,一头牛就要赔十四卢布。而且想想看,运这些牛花掉了多少钱!十五卢布的运费以外,还得为每头牛化六卢布,——诈骗啦、贿赂啦、请客啦,这样那样的……"

客店老板不得不敷衍一下,只好听着,勉强地喝茶。马拉欣唉声叹气,拍手,嘲笑自己不走运,可是一切都表明,他虽然遭到损失,却并不怎么伤心。只要有人听他讲话,眼前有事可做,而且误不了火车,那就赔钱也好,赚钱也好,他都不在心上。

过了一个钟头,马拉欣和亚沙带着许多箱笼、包裹,从客店房间里走下楼来,出了大门,准备坐雪橇到

---

① 即圣诞节前的斋期。

车站去。客店主人、仆役、好几个女人出来送他们。老人感动了。他把十戈比钱币向四面八方丢出去,用唱歌样的声调说:

"再见啊,祝你们平安!求主保佑你们万事如意。要是上帝保佑我们平平安安,那我们到了大斋节还要上这儿来。再见!谢谢你们……求主保佑你们!"

老人坐上雪橇,脱掉帽子,面对着在雾中像一块黑斑似的修道院墙壁,在自己胸前画了好久的十字。亚沙坐在他身旁的座位边上,一条腿伸向一旁。他的脸跟先前一样,没有一点激动的样子,既没露出烦闷,也没表现欲望。他并不因为回家而高兴;至于没有来得及观赏京城里的景色,他也不觉得可惜。

"走吧!"

赶雪橇的就挥动鞭子抽马,扭转身去,开始骂那些笨重的行李。

公　　差

　　法院的代理侦讯官和本县的医生坐着雪橇到绥尔尼亚村去验尸。在路上他们遇到了暴风雪,兜了很久的圈子,结果他们不是按他们所希望的那样在中午,而是在黄昏,天色已经黑下来的时候才到达目的地。他们在地方自治局的一所小木房里停下来过夜。在这儿,在地方自治局的这所小木房里,凑巧摆着那具尸体,地方自治局的保险公司代理人列斯尼茨基的尸体。这个人三天以前来到绥尔尼亚村,在地方自治局的这所小木房里住下,叫人送来茶炊,然后就十分出人意料地开枪自杀了。他是在桌子上茶炊旁边放好各种凉菜以后才了结性命的,这种情况有点蹊跷,使许多人有理由怀疑是凶杀案。这就需要验尸了。

那位医生和侦讯官在穿堂抖掉身上的雪,顿着脚,他们身旁站着乡村警察伊里亚·洛沙津,他是个老人,手里拿着小小的铁皮灯,给他们照亮。有一股浓重的煤油气味。

"你是什么人?"医生问。

"巡警……"乡村警察回答说。

他就是在邮政局里也是这样签名:巡警。

"证人们在哪儿?"

"大概喝茶去了,老爷。"

右边是一个干净的房间,"客房",或者老爷住的房间,左边是一间杂屋,里面有一个大炉子和一张高板床。医生和侦讯官以及跟在他们身后、把那盏小灯举得高过头顶的乡村警察走进那个干净的房间。这儿的地板上,有一具长长的尸体,一动不动地躺在桌腿旁边，身上盖着白被单。在那盏小灯的微弱光线下，除了白色的盖布以外还可以清楚地看见一双新的胶皮套鞋。这儿的一切都阴森可怕，叫人看了不舒服：那乌黑的墙壁、那寂静、那套鞋、那纹丝不动的尸体。桌上放着早已凉了的茶炊，茶炊四周放着一些纸包，大概包着凉菜吧。

"在地方自治局的小木房里开枪自杀，这样做多么不通人情！"医生说，"既然起意要往脑门子里射进一颗子弹去，那就该在自己家里，一个什么堆房里下手才是。"

他依旧戴着帽子，穿着皮大衣和毡靴，在一条长凳上坐下来，他的旅伴，侦讯官，在他对面坐下。

"这些歇斯底里患者和神经衰弱患者都是十足的利己主义者，"医生苦恼地接着说，"要是一个神经衰弱患者跟您同住在一个房间里，他就把报纸翻得沙沙响；要是他跟您一块儿吃饭，他就跟他的妻子吵架，并不因为您在座而有所顾忌；要是他起意开枪自杀，他就在村子里,在地方自治局的小木房里自杀,为的是给大家多惹些麻烦。这些老爷在各种生活环境中都只顾自己。只顾自己!就因为这个缘故,老人们才十分不喜欢我们这个'神经的时代'。"

"老人们不喜欢的事儿多着呢,"侦讯官打着哈欠,说,"您该对老人们指出从前的自杀和现在的自杀有什么样的区别。从前的所谓上流人自杀,是因为盗用公款,现在呢,却是因为厌倦生活,苦恼。……哪种好一点呢?"

"厌倦生活啦,苦恼啦,不过您会同意,他本来可以不在这个地方自治局的小木房里自杀的。"

"真倒霉,"乡村警察说,"真倒霉,简直是受罪。老百姓很不安心,老爷,他们已经有两夜睡不着觉了。孩子们哇哇地哭。该给母牛挤奶了,可是女人们不敢到牛棚里去,害怕。……她们生怕那位老爷在黑暗中显灵。当然,她们是些蠢娘们儿,可是有些男人也怕。天一黑,他们就不敢单身走过这所小木房,总是成群结队地走。证人也是这样。……"

医生斯达尔倩科是一个中年男子,留一把黑胡子,戴着眼镜,侦讯官雷仁生着淡黄色头发,年纪还轻,两年前刚在大学毕业,与其说像个文官,不如说像个大学生。他们俩坐在那儿,不说话,沉思默想。他们因为来得太迟而懊恼。现在他们得等到天亮,只好在这儿过夜了,可是此刻刚五点多钟,他们面前有漫长的傍晚,然后是漫长的黑夜,烦闷无聊,不舒服的床,蟑螂,晨寒;他们俩听着阁楼上和烟囱里哀号的暴风雪,想到这一切跟他们所希望过的以及从前所梦想过的生活多么不同,想到他们俩和他们的同代人隔得多么远,那些人如今正在城里灯光明亮的街道上行走,没有注意到坏天气,或者这时候正准备着到剧院去,或者坐在书房里看书。啊,现在只要能够在涅瓦大街或者在莫斯科的彼得罗夫卡走一走,听一听悦耳的歌唱,在饭馆里坐上一两个钟头,他们情愿付出多么昂贵的代价啊。……

"呜——呜——呜——呜!"暴风雪在阁楼上歌

唱,外面有个什么东西在恶狠狠地砰砰响,大概是地方自治局的小木房门外的招牌吧。"呜——呜——呜——呜!"

"您爱怎么样随您便,反正我不愿意留在这儿,"斯达尔倩科站起来,说,"现在才五点多钟,睡觉还嫌早,我要坐车出去一趟。冯·达乌尼茨住得离这儿不远,离绥尔尼亚村不过三俄里路。我要坐车上他家去,在那儿消磨这个傍晚。警察,去对马车夫说不要把马卸下来。那么您怎么样呢?"他问雷仁。

"我不知道。大概躺下睡觉吧。"

医生把身上的皮大衣裹一裹紧,走出去了。可以听见他在跟马车夫讲话,那些冻僵的马脖子上的铃铛颤动起来。他坐车走了。

"你,老爷,在这儿过夜可不合适,"乡村警察说,"到那边房间里去吧。那边不干净,不过反正住一夜,对付得了。我马上到庄稼汉家里去取一个茶炊来,给它生上火,然后我给你铺上点干草,你就可以好好睡一觉了,老爷。"

过了不久,侦讯官坐在那间杂屋里一张桌子旁边喝茶,乡村警察洛沙津站在门口讲话。这是个六十开外的老人,身量不高,很瘦,背有点驼,白发苍苍,脸上现出纯朴的笑容,眼睛里含满泪水,老是吧嗒着嘴,好像在吃糖似的。他穿一件短皮袄,脚上穿一双毡靴,一根拐棍总不离开他的手。侦讯官的年轻显然引起他的怜惜,大概就是因为这个缘故,他才跟侦讯官亲热地讲话。

"乡长费多尔·玛卡雷奇吩咐我说,区警察局长或者侦讯官一到,就得报告他,"他说,"那么,事情既是这样,我现在得走了。……这儿离乡里有四俄里路,正碰上暴风雪的天气,这雪下得好大啊,大概最早也得午夜才能走到。听,呜呜地叫呢。"

"我用不着乡长,"雷仁说,"这儿没有他的事。"

他好奇地瞧瞧老人,问道:

"告诉我,老大爷,你当乡村警察有多少年了?"

老 年 集

"多少年吗？足足有三十年了。农奴解放①以后过了五年我就当差,那你就算一算嘛。从那时候起我就每天跑路。人家有假日,我呢,老是东奔西走。外头已经是复活节,教堂里敲着钟,基督复活了,可我还是背着个背包赶路。一会儿到地方金库去,一会儿到邮局去,一会儿到区警察局长家里去,一会儿到地方自治局去,一会儿到税务局去,一会儿到执行处去,一会儿到地主老爷家里去,一会儿到庄稼汉家里去,反正各个正教徒的家里我都去过。我带着邮包啦,传票啦,税额通知书啦,信件啦,各种单据啦,表格啦。是啊,好老爷,如今时兴这么一种表格,要填数目字,有黄的,白的,红的,每位老爷,或者神甫,或者富裕的农民,每年必得填十来回:种了多少,收了多少,黑麦有多少俄石②或者多少普特,燕麦有多少,干草有多少,还有,你

---

① 指1861年俄国废除农奴制。
② 旧俄体积单位,散体物:1俄石等于209.91升;液体:1俄石等于3.08升。

知道,天气怎么样,各式各样的虫子也得写上。当然,你要怎么写就怎么写,这只是公事罢了,可是我就得东奔西跑,发表格,然后又东奔西跑,把表格收回来。比方说,眼前这位老爷就用不着开膛破肚,你心里明白,这是白费劲,不过把手弄脏罢了,可你还是得辛苦一趟,老爷,跑到这儿来,因为这是照规矩办事,是没有办法的事。我就为这些照规矩办的事走了三十年。夏天倒还不要紧,暖和,干燥,冬天或者秋天就不舒服了。有的时候我差点淹死,有的时候差点冻死,什么事儿都出过。有些坏人在树林里抢走我的背包,有的人揍我,我还吃过官司。……"

"为了什么事吃官司?"

"为了诈骗。"

"怎么诈骗呢?"

"是这样的,你知道,文书赫利桑甫·格利果利耶夫把别人的木板卖给包工头;你知道,他这是骗钱。我也给牵连到这个案子里去了,因为他们打发我到饭铺里去买酒;其实,文书并没有分钱给我,连一杯酒都没有请我喝过,可是我穷,人家看我这模样,就认为我大概是个靠不住的人,没出息的人,我们俩就都给带到法院里去了。他坐了牢,我呢,上帝保佑,总算宣告无罪,给放出来了。法庭上念了这么一个公文。他们都穿着制服。我是说那些法庭上的官儿。我跟你说吧,老爷,我们这份差事叫没干惯的人去干,那真倒霉透了,简直要人的命,可是我干起来,倒也没什么。不出去跑,反而会腿疼。待在家里,那在我反而更糟。待在乡公所里不出去,就得给文书生火啦,给文书送水啦,给文书擦皮鞋啦。"

"你挣多少钱薪水?"雷仁问。

"一年八十四个卢布。"

"恐怕总还有点外快。这总有的吧?"

"哪儿有什么外快!这年月老爷们很少赏酒钱。这年月老爷们变得凶了,动不动就生气。你给他送公文去,他生气,你在他面前脱掉帽子,他又生气。他说,

'你走错了门,'他说,'你是个酒鬼,嘴里有一股葱臭味。'他骂你笨蛋,狗崽子。当然,和气的老爷也有,可是从他们手里哪儿拿得到什么钱?他们光是要笑你,给你起各式各样的外号。比方拿阿尔土兴老爷来说吧,为人倒还和气,看上去挺清醒,有头脑,可是一见着我,就嚷开了,他自己也不知道为什么。他给我起了个怪外号。他说你这个……"

乡村警察说了几个字,可是声音很低,听不清楚。

"什么?"雷仁问,"你再说一遍。"

"行政人员!"乡村警察大声又说一遍,"他早就这样叫我,有六年了。你好,行政人员!不过我也不在乎,随他去叫吧,求上帝保佑他。有的时候,某位太太吩咐人给我一杯酒喝,一小块馅饼吃,我呢,就为她的健康干杯。庄稼汉倒大半都肯给我点什么,庄稼汉是厚道人,敬畏上帝:有的给一小块面包,有的给点白菜汤喝,有的请你喝一盅。乡长总是在饭铺里请人喝茶。刚才那些证人也出去喝茶了。他们说:'洛沙津,你替我们待在这儿守着吧。'他们每个人都给我一个戈比。他们不习惯,害怕。昨天他们也给了我十五个戈比,还请我喝了一盅。"

"莫非你就不害怕?"

"害怕,老爷,不过要知道,这是我分内的事,我的差事嘛,那就不能躲开不管了。今年夏天我押着一个犯人进城去,他狠狠地揍了我一顿!好狠哪!好狠哪!四下里是田野和树林,你能躲到哪儿去?眼下这件事也是这样。这位列斯尼茨基老爷,我还记得他这么高的时候是什么样子,我认得他父亲,也认得他母亲。我是涅多肖托瓦村人,列斯尼茨基老爷家离我们不过一俄里路,甚至还不到一俄里,我们两家的田界紧挨着。列斯尼茨基老爷有个姐姐,是个老处女,敬畏上帝,心地仁慈。主啊,让你的奴隶尤丽雅的灵魂安息吧,让它永生吧!她没有出嫁,临死把她的全部财产分了,把一百俄亩土地送给修道院,把二百俄亩土地送给我们,涅多肖托瓦村的农民村社,来纪念她的灵魂,可是她的弟弟,那位老爷,却把那张纸藏了起来,据说放在火炉里烧掉了,把所有的土地都霸占了。你知道,他以为这对他有好处,可是,不行啊,你等着就是,在这个世界上靠了弄虚作假是混不长的。后来这位老爷有二十年没有到神父那里去忏悔,你知道,他不进教堂的门了,临死的时候也没有忏悔,他的肚子胀破了。他胖得不得了。他的肚子一下子就胀破了。后来少东家,也就是谢廖查①,欠下了债,他的财产全给人家拿走抵了债,有多少就拿走多少,一点也没剩下。他呢,学问又不大,什么事也不会干。他舅舅当地方自治局执行处的主席,心里寻思:'把他,谢廖查,弄到我这儿来当个代理人,让他做保险代理人,这个工作比较简单。'可是少东家生性高傲,也想把日子过得有气派,有排场,自由自在,所以,你知道,要他坐着一辆破板车在全县跑来跑去,跟庄稼汉谈话,他就觉得难受了;他走来走去,眼睛老

---

① 谢尔盖的小名。

是瞧着地下,瞧啊瞧的,一句话也不说;你对着他的耳朵叫一声:'谢尔盖·谢尔盖伊奇!'他就回过头来说一声:'啊?'随后又瞧着地下了。现在呢,你瞧,他用自己的手把自己干掉了。这不像样子,大人,不对头。谁也不明白这个世道是怎么回事,慈悲的主啊。当然,你父亲有钱,你穷,你心里难过,不过那又有什么办法呢,你总得将就着活下去嘛。从前我也过得好,老爷,我有两匹马,有三头奶牛,养着二十来只羊,可是临了只剩下一个背包,而且就连这个背包也不是我的,是公家的。如今在我们涅多肖托瓦村里,说句老实话,那就数我的房子最糟了。当初莫凯伊用过四个听差,眼下莫凯伊自己做了听差。彼特拉克本来有四个雇农,现在彼特拉克本人成了雇农。"

"那么你是怎么穷下来的呢?"侦讯官问。

"我那些儿子死命地灌酒啊。他们那种灌法简直没法说,说了你也不信。"

雷仁听着,心想:他雷仁迟早总会回到莫斯科去,而这个老人却要永远留在此地,老是东奔西跑。他雷仁在这一生中不知还会遇见多少这种破衣烂衫、很久不梳头的、"没出息"的老人,在这种人的心里,一枚十五戈比的钱币、一小杯酒以及对于在这个世界上靠弄虚作假混不长的深刻信念,是以某种方式紧紧地结合在一起的。后来雷仁听腻了,他就吩咐拿干草来铺床。客房里摆着一张铁床,上面有枕头,有被子,本来可以把那张床搬过来,可是那个死人在床边差不多躺了三天(他临死以前也许在床上坐过),现在要睡在那张床上就会不舒服了。……

"现在刚七点半钟,"雷仁看一下表,暗想,"这多么可怕呀!"

他不困倦,可是又没有事情可做,无法消磨时间,他就躺下去,盖上毛毯。洛沙津收拾茶具,进进出出跑了好几次,吧嗒着嘴,不住地叹气,老是在桌子旁边走动,最后拿着他那盏小灯,走出去了,雷仁在后面看着他那又长又白的头发和伛偻的身体,心想:"活像歌剧里的魔法师。"

天黑下来了。大概月亮藏在云后面,因为窗子和窗框上的雪都可以看得清清楚楚。

"呜——呜——呜!"暴风雪唱着,"呜——呜——呜!"

"老——天——爷啊!"阁楼上有个女人哀叫着,或者听起来像是那样,"我——的——老——天——爷啊!"

"砰!"外面有个什么东西敲着墙,"哗啦!"

侦讯官细听一下:根本就没有什么女人,那是风在吼叫。他觉得冷,就把皮大衣盖在毛毯上面。他渐渐暖和过来,心里想:这一切,暴风雪啦,小木房啦,老人啦,躺在隔壁房间里的尸体啦,这一切同他所希望过的生活相隔多么远,这一切对他来说是多么陌生,微不足道,没有趣味啊。假如这个人是在莫斯科或者莫斯科近郊的一个什么地方自杀,而必须进行侦讯工作,那就会有趣味而且意义重大了,睡在尸体旁边的房间里也许甚至会害怕;可是,这儿,在这个离莫斯科有一千俄里远的地方,这一切就好像换了样子,这一切都算不得生活,算不得人,而只是像洛沙津所说的那种"照规矩"存在着的东西而已,这一切在记忆里连一丁点的痕迹也不会留下,他雷仁一坐车走出绥尔尼亚村,马上就会忘光。祖国,真正的俄罗斯,是莫斯科,是彼得堡,而这儿是内地,是移民区。每逢你渴望着大显身手,扬名天下,比如做一个专办特别重大案件的侦讯官或者地方法院的检察官,做一个上流社会的社交家,那你就一定会想到莫斯科。如果要生活,那就要在莫斯科,而在这儿,你什么也不会想望,很容易听天由命,做个默默无闻的角色,在生活里只巴望一件事,那就是赶快走掉。于是雷仁幻想自己在莫斯科的街道上跑来跑去,到熟人家里去拜访,会见亲人和同学。他想到他现在才二十六岁,即使过五年或者十年才能脱离此地,到莫斯科去,那也还不算迟,前面还有整整一辈子的生活在等待他,他的心就甜蜜地缩紧了。等到他的思想开始紊乱,他渐渐落入迷迷糊糊的境地,他就想象莫斯科法院里的长廊,想象自己起立发言的样子,想象他的姐妹们,想象一个乐队不知什么缘故老是这样吵闹:

"呜——呜——呜!呜——呜——呜!"

"砰!哗啦!"这声音又响起来,"砰!"

他忽然想起有一次在地方自治局执行处跟一个会计员讲话,有一位瘦瘦的、脸色苍白的先生走到办公桌跟前来。这人生着一对黑眼睛,一头黑头发,眼神很不愉快,就像午饭后睡得过久的人一样,这种眼神破坏了他那秀气而聪明的脸相。他穿的那双长筒靴跟他不相称,显得很粗糙。会计员介绍说:"这是我们地方自治局的保险代理人。"

"原来他就是列斯尼茨基……就是他……"雷仁现在明白了。

他回想列斯尼茨基的低微的说话声,想象他走路的样子,觉得现在自己身旁好像就有一个人在照列斯尼茨基的步态走动似的。

他忽然害怕起来,他的心凉了半截。

"是谁?"他惊恐地问道。

"巡警。"

"你上这儿来干什么?"

"我,老爷,是来问一声。您刚才说用不着找乡长,可是我担心,他也许会生气的。他本来吩咐我去一趟。要不要去一趟?"

"走开!我厌烦了……"雷仁懊恼地说,又盖好毛毯。

"他也许会生气的。……我去了,老爷,祝您在这儿睡得舒服。"

洛沙津走出去了。穿堂里响起一些人的咳嗽声和低语声。大概证人们回来了。

"明天早点让这些可怜的人走吧……"侦讯官暗想,"天一亮,我们就动手验尸。"

他刚昏昏睡去,忽然又响起什么人的脚步声,不过这脚步声并不胆怯,而是又急又响。房门砰地响了一声,然后是说话声,划火柴的声音。……

"您睡了?您睡了?"医生斯达尔倩科匆忙而生气地问道,一根连一根地划亮火柴,他全身都是雪,身上冒出一股寒气,"您睡了?起来,我们到冯·达乌尼茨家里去。他打发马车来接您了。走吧,在那儿您至少可以像人那样吃顿晚饭,睡一觉。您瞧,我亲自来接您了。马是好马,我们不出二十分钟就可以到了。"

"现在几点钟?"

"十点一刻。"

雷仁睡意蒙眬,很不痛快,穿上毡靴和皮大衣,戴上皮帽,外加长耳风雪帽,跟医生一块儿到外面去了。严寒已经过去,然而刮着刺骨的大风,顺着街道卷起一股股雪花,这些雪花仿佛吓得正在逃跑似的。围墙旁边和台阶上都积起高高的雪堆。医生和侦讯官坐上雪橇,周身雪白的车夫弯下腰去,给他们扣上车毯。他们两个人都觉得暖和了。

"走吧!"

他们坐着雪橇穿过村子。"'掘开一道道松软的垄沟'①……"侦讯官一面瞧着拉边套的马怎样迈动着四条腿,一面懒洋洋地想道。所有的小木房里都点着灯火,仿佛是大节期的前夕似的:农民们都没有睡,害怕那个死人。车夫阴郁地沉默着:大概刚才站在地方自治局的小木房门口的时候,等得厌烦了,如今也在想那个死人吧。

"刚才在达乌尼茨家里,"斯达尔倩科说,"他们听说您留在这所小木房里过夜,就都责怪我为什么没有带您一块儿去。"

在村口转弯的地方,车夫忽然扯着嗓门大叫一声:"让开路!"

有一个人闪过去了,他已经从大路上走开,站在齐膝的雪中,瞧着这辆三套马的雪橇;侦讯官看见一根弯柄拐棍、一把胡子、一个斜挂在腰间的包,他觉得这人

---

① 引自普希金的长诗《叶甫盖尼·奥涅金》,第 5 章,第 2 节。——俄文本编者注

好像就是洛沙津,甚至觉得他在微笑。这个人闪现了一下就不见了。

这条路先是沿着树林的边沿向前伸展,后来就变成一条宽阔的林间通路了。他们眼前闪过一些老松树,闪过一片小桦树林,闪过一些高高的、有节疤的、年轻的橡树,它们孤零零地立在一片不久以前刚砍掉树林的空地上,可是很快一切都在空气中,在雪雾中混成一片了。车夫说他看见一片树林,可是侦讯官什么也看不见,只看见那匹拉边套的马。风朝着他们的脊背吹来。

忽然马停住了。

"喂,怎么啦?"斯达尔倩科生气地问道。

车夫一句话也没说,从车夫座位上下来,开始绕着雪橇快跑,他跑的圈子越来越大,离雪橇也越来越远,好像他在跳舞似的,最后他跑回来,坐上雪橇,往右转弯。

"迷路了还是怎的?"斯达尔倩科问。

"没——什——么。……"

他们走到一个小村子,那儿一点灯火也没有。又是树林,田野,又迷了路,于是车夫跳下雪橇,跳舞。这辆三套马的雪橇在一条黑暗的林荫道上跑着,跑得很快,那匹烈性的拉边套的马碰击着雪橇的前部。在这儿,树木呼啸着,那响声叫人害怕,天色黑得伸手不见五指,这辆雪橇仿佛正在冲到一个深渊里去似的。突然间,门口和窗子里的明亮灯光射进人的眼帘,好意的、忽高忽低的狗叫声,人的说话声响起来。……他们到了。

他们在门厅里脱掉皮大衣和毡靴,楼上有人在弹钢琴,弹的是《一小杯克利科酒》①,可以听见孩子们在顿脚。来客立刻感觉到在古老的地主宅子里常有的那种温暖的气氛,在这种地方不管外面的天气怎么样,人们总是生活得温暖,干净而舒适。

---

① 原文为法语。

老 年 集

"这才好。"冯·达乌尼茨说,握一下侦讯官的手,他是个胖子,脖子粗得惊人,留一把络腮胡子,"这才好。欢迎欢迎,跟您认识很高兴。要知道,我跟您好歹还要算是同行呢。从前我做过副检察长,然而时间不久,总共只有两年,后来我到这里来料理家事,就在这儿逐渐年老起来。一句话,老家伙了。欢迎欢迎,"他接着说,显然在压低嗓门,免得说话声太响;他和客人们一起走上楼去,"我的妻子不在了,死了。让我介绍一下,这是我的几个女儿。"说完,他回转身去对楼下大声嚷道:"吩咐伊格纳特,明天早晨八点钟以前把雪橇备好!"

他的四个女儿都在大厅里,她们是年轻的姑娘,相貌俊俏,都穿着灰色连衣裙,头发也梳成同样的款式;她们的表姐也年轻,招人喜欢,带着几个孩子。斯达尔倩科已经跟她们认识,就立刻请求她们唱个歌,有两位小姐口口声声说她们不会唱歌,也没有乐谱,反复地说了很久,后来那位表姐在钢琴旁边坐下来,她们就用发颤的嗓音唱了《黑桃皇后》里的二重唱。《一小杯克利科酒》又弹奏起来,孩子们就跳跳蹦蹦,顿着脚打拍子。斯达尔倩科也跟着跳。大家哈哈大笑。

后来孩子们道过晚安,去睡觉了。侦讯官笑着,跳卡德里尔舞,向小姐们献殷勤,而心里暗自想着:莫非这是一场梦吗?本来是地方自治局小木房里那间杂屋,墙角上一堆干草,蟑螂的沙沙声,使人厌恶的贫苦环境,证人的说话声,大风,暴风雪,迷路的危险,可是忽然间有了这些明亮、华美的房间,钢琴的声音,美丽的姑娘,头发拳曲的孩子,欢乐而幸福的笑声,他觉得这种转变像是神话;而且这样的变化居然能在三俄里的距离以内,在一个钟头之内发生,简直叫人难于相信。乏味的思想妨碍他欢乐,他心里老是在想:这一带地方的生活算不得生活,而是生活的断片,一鳞半爪,这儿的一切都是偶然的,不能由此得出什么结论来;他甚至为那些姑娘惋惜,她们在此地,在穷乡僻壤,在远离文化中心的内地生活着,日后就在此地了结她们的一生,而在文化中心,就没有一件事是偶然的,一切都可以理解,都合情合理,比如任何自杀案都是容易明白的,为什么会发生这桩自杀案,它在普遍的生活进程中具有什么意义,都可以加以说明。他认为:如果在穷乡僻壤,在这儿四周的生活是他所不理解的,如果他看不见生活,那就意味着这儿根本就没有生活。

吃晚饭的时候,大家谈到列斯尼茨基。

"他留下他的妻子和一个孩子,"斯达尔倩科说,"如果我能做主,我就要禁止神经衰弱患者和一般神经系统不健全的人结婚,我要剥夺他们繁殖他们这类人的权利和条件。在世界上生下一些神经有病的儿童是犯罪。"

"这是一个不幸的年轻人,"冯·达乌尼茨说,轻轻地叹气,摇摇头,"一个人事先得怎样地左思右想,经受怎样的痛苦,才能最后下定决心了结自己的生命……年轻的生命啊。每个家庭都可能发生这样的不幸,而这是可怕的。这种事是难于忍受的,难堪的。……"

所有的姑娘都默默地听着,现出严肃的脸色,瞧着她们的父亲。雷仁感到他也得说几句才对,可是又想不出什么话来,就光是说:

"对了,自杀是一种不良现象。"

他在一个温暖的房间里睡觉,躺在一张软和的床上,盖着被子,下面铺着一条新洗干净的细布床单,可是不知什么缘故,他并没有感到舒适;也许这是因为医生和冯·达乌尼茨在隔壁房间里长时间地谈着话,同时上边,天花板上面,烟囱里,暴风雪也像在地方自治局小木房里那样喧嚣,那样悲凉地哀叫:

"呜——呜——呜!"

达乌尼茨的妻子两年前死了,他直到现在还不能忘情;他不管说什么,每一次都要提起他的妻子,在他身上,检察官的影子已经一点都没有了。

"难道将来我也会弄到这个地步吗?"雷仁想,隔墙听着他那低抑的、仿佛孤儿似的声调,昏昏睡去。

侦讯官睡得不安稳。屋里热,不舒服,在睡梦中他觉得自己不是在达乌尼茨家里,不是躺在一张软和干净的床上,而是仍旧在地方自治局的小木房里,躺在一堆干草上,听着那些证人压低嗓门说话。他觉得列斯尼茨基好像就在近处,离他十五步远。他在睡梦中又想起地方自治局的保险代理人,那个黑头发、白脸、穿着扑满灰尘的长筒靴的人,怎样走到会计员的办公桌边。"这是我们地方自治局的保险代理人。……"后来他梦见在田野上,在雪地里,列斯尼茨基和乡村警察洛沙津仿佛在肩并肩地走路,互相搀扶着,暴风雪在他们头上飞舞,风吹着他们的后背,他们一边走一边唱着:

"我们往前走,走啊走,走啊走。"

老人活像歌剧里的魔法师,这两个人确实在唱,仿佛在剧院里似的:

"我们往前走,走啊走,走啊走。……你们那儿温暖,你们那儿明亮,你们那儿舒适,我们却在严寒里,在暴风雪里,在深深的雪地里奔走。……我们不曾有过安宁,不曾有过欢乐。……我们肩负着我们和你们的生活的全部重担。……呜——呜——呜!我们往前走,我们走啊走,走啊走。……"

雷仁醒了,从床上坐起来。多么混乱的噩梦啊!怎么会梦见保险代理人和乡村警察在一块儿呢?多么荒唐呀!这时候雷仁的心怦怦地跳着,他坐在床上,用两只手抱住头,觉得那个保险代理人和那个乡村警察在生活里确实有一种共同点。他们在生活里不就是肩并肩走着,互相搀扶着吗?这两个人之间有一种肉眼看不见的,然而有意义的、必要的联系,甚至在他们和达乌尼茨中间,在所有的人中间,在各式各样的人中间,也有这种联系。在生活里,甚至在最荒凉的穷乡僻壤,也没有一件事情是偶然的,一切事情都充满一个共同的思想,一切事情都有同一个灵魂,同一个目标,要理解这一点,光是思考还不够,光是推断也不够,大概还需要有一种洞察生活的能力,而这种能力显然不是人人都有的。只有把自己的生存看作偶然的人,才会认为那个不幸的、伤透了心的、自杀的、医生称之为"神经衰弱患者"的人和那个一生当中天天为人奔走的老农民,是偶然现象,生活的片断;而把自己的生活看作整个有机体的一部分,并且理解这一点的人,则认为他们是这个神奇而合理的整体的一部分。雷仁这样想着,这是一个早已深藏在他心里的思想,只是现在才在他的意识里充分而清楚地显现出来罢了。

他躺下去,开始昏昏入睡;忽然,又梦见他们在一块儿走,唱着:

"我们往前走,走啊走,走啊走。……我们承受生活中最深重的苦难和哀痛,而把轻快和欢乐留给你们,让你们在坐下来吃晚饭的时候可以冷静而头头是道地议论为什么我们受苦和死亡,为什么我们不像你们那么健康和满足。"

他们歌唱的内容也是以前他想到过的,不过这个思想在他的头脑里不知怎的总是隐藏在别的思想背后,胆怯地闪现一下,好比大雾天气里远处的一个灯火。他感到他对这桩自杀案和那个农民的痛苦负有责任。这些人顺从自己的命运,承受生活中最沉重最黑暗的一切,而我们却熟视无睹,这是多么可怕呀!一方面对这些熟视无睹,一方面又巴望自己在幸福满足的人们当中过一种光明而热闹的生活,不断地渴望这样的生活,这就无异于渴望新的自杀案,渴望那些被劳动和烦恼压倒的人或者那些软弱而被抛弃的人一个个地自杀。关于他们,人们只有偶尔在晚饭桌上谈起,有的人心烦,有的人讥诮,可就是没有一个人去帮助他们。……接着,又唱起来:

"我们往前走,走啊走,走啊走。……"

仿佛有个什么人用小锤子敲他的太阳穴似的。

一清早他就给嘈杂声惊醒了,头很痛;隔壁房间里,冯·达乌尼茨正在大声对医生说:

"您现在不能走。您看看外面是什么样子!您不要争了,最好去问一问车夫吧:这样的天气就是给他一百万,他也不肯送您走。"

"可是只有三俄里路啊。"医生用恳求的声调说。

"哪怕半俄里也不行。说不行就是不行。您坐上车子,一出大门,就是漆黑的地狱,不出一分钟就会迷路。随您怎么样,反正我无论如何也不放您走。"

"这场暴风雪到傍晚大概就停了。"一个正在生炉子的农民说。

医生在隔壁房间里开始讲到严峻的自然环境对俄罗斯人的性格的影响,讲到漫长的冬季限制活动的自由,阻碍人们智力的发展。雷仁烦躁地听着这些议论,瞧着窗外在围墙那边积起的雪堆,瞧着布满整个肉眼看得见的空间的白色雪尘,瞧着那些时而拼命向右弯、时而向左弯的树木,听着风的呼啸和砰砰的响声,阴郁地想:

"哎,从这种天气哪儿引得出什么大道理来呢?暴风雪就是暴风雪,如此而已。……"

中午他们吃早饭,然后在这所房子里毫无目的地走来走去。他们站在窗前。

"列斯尼茨基还躺在那边呢,"雷仁暗想,瞧着旋风卷起的雪尘在雪堆上发狂般地打转,"列斯尼茨基还躺在那边,证人也在等着呢。……"

大家谈到天气,谈到暴风雪照例只闹两天两夜就停了,很少超过两天。六点钟大家吃午饭,然后打牌,唱歌,跳舞,最后吃晚饭。这一天过去了,他们上床睡觉。

夜间,将近黎明,风雪停了。早晨人们起床,看着窗外,光秃的柳树立在那儿一动也不动,枝子衰弱地耷拉下来,天色阴沉,没有一丝风,仿佛大自然在为自己的胡闹羞愧,在为那些疯狂的夜晚,为了放纵自己的感情而羞愧似的。从早晨五点钟起,车子已经套上马,马儿排成纵列,站在台阶边等待着。等到天色大亮,医生和侦讯官就穿上皮大衣和毡靴,跟主人告别,走出来。

在台阶旁边,跟车夫并排站着的是那个熟悉的"巡警"伊里亚·洛沙津,他没戴帽子,肩上斜挂着一

个旧皮包,周身是雪,脸孔通红,汗水淋淋。一个听差走出来要扶客人上雪橇,给他们盖腿,他严厉地瞧着洛沙津,说:

"你站在这儿干什么,老鬼?走开!"

"老爷,老百姓心里不踏实……"洛沙津说,满脸洋溢着纯朴的笑容,他终于看到他等了那么久的客人,分明很满意,"老百姓心里很不踏实,孩子们哇哇地哭。……他们以为你们又回城里去了。……发发慈悲吧,我们的恩人。……"

医生和侦讯官什么话也没有说,坐上雪橇,到绥尔尼亚村去了。

他明白了!

六月里一个闷热的早晨。空中弥漫着热气,弄得树叶垂下来,土地布满裂缝。人间万物流露出思念暴风雨的样子,巴望大自然痛哭一场,用雨泪来驱散这种思念才好。

大概,暴风雨也确实要来了。西方是一片深青色,闪着一道道电光。欢迎啊!

一个身材矮小、背部伛偻的庄稼汉偷偷地在树林边上走动。这个人身高一点五俄尺,脚上套着奇大无比的灰棕色皮靴,下身穿着蓝底白条的长裤。皮靴筒已经落下来,只有原来一半高。裤子破旧不堪,打了补丁,膝部鼓鼓囊囊,挂在靴筒外边,晃来晃去像是衣服底襟。他腰上系着肮脏的细绳算是腰带,已经从肚子上滑到胯骨上。他的衬衫老是往上缩,一直缩到肩胛骨那儿。

庄稼汉手里拿着枪。生锈的枪筒有一俄尺长,瞄准器类似靴子上一颗上好的钉子。枪筒安在自家做的白色枪托上,枪托是用杉木造的,做得很精致,有雕刻,有长纹,有花卉。要不是有这个枪托,那管枪就不成其为枪了,然而即使有这个枪托,那也还是近似中世纪的枪,而不像现代的枪。……枪上的扳机已经锈成棕红色,整个用铁丝和棉线缠紧。最可笑的是发亮的白色装药杆,那是刚从柳树上折下来的。它潮湿、簇新,比枪身还要长得多呢。

庄稼汉脸色苍白。他那对斜视的和发炎的红眼睛不安地往上边看,往四处看。他那稀疏的山羊胡子像破布似的,随着下嘴唇一起颤抖。他迈开大步,身子往前弯,分明在赶路。一条大看家狗跟在他身后跑,瘦得像是狗的骷髅,身上的毛乱蓬蓬的,嘴里吐出长舌头,上面沾满尘土而颜色灰白。它肚子两侧和尾巴上垂下一大绺一大绺褪了色的老毛。它的一条后腿缠着破布,多半腿上有病。庄稼汉不时回转身看他的旅伴。

"快走!"他胆怯地说。

看家狗往回一跳,向四下里看一眼,站了一会儿,然后又继续跟在主人身后跑。

猎人很想溜进旁边树林里去,可是办不到:林边长满茂盛而带刺的乌荆子,连绵不断像一堵墙。乌荆子后边还有高高的毒人参和牛蒡,密不通风。不过最后总算出现一条小径。庄稼汉再一次向看家狗招手,顺着小径钻进灌木林。他脚下的土地咕叽咕叽响:这儿还有水,没有干。空气中有潮气,不像外边那么闷热。两旁是灌木丛和刺柏。此地离真正的树林还远,大约还要走三百步。

老　年　集

　　旁边有个什么东西发出没上油的车轮的转动声。庄稼汉打了个哆嗦,斜起眼睛看一棵嫩小的赤杨树。他看出赤杨树上有个活动的黑色小斑点,走近了才认出是一只幼小的椋鸟。椋鸟立在枝头抬起翅膀,啄理羽毛。庄稼汉就站住不动,脱掉头上的帽子,把枪托抵在肩膀上,开始瞄准。他瞄准以后,拉起扳机,钩住它,免得它过早地落下去。扳机上的弹簧已经用坏,钩机不起作用,扳机不灵:它摇动了。椋鸟放下翅膀,开始怀疑地瞧着射击手。再过一秒钟,它就飞掉了。射击手再一次瞄准,放开钩住扳机的手。不料扳机没落下来。庄稼汉就用手指甲扯断一根细线,把铁丝压紧,然后弹一下扳机。弹指声啪的一响,随着弹指声便响起了枪声。步枪的反冲力使射击手的肩膀猛然震动了一下。显然,他没有吝惜火药。他把枪放在地上,跑到赤杨树那边,动手在草丛里摸索。他在朽烂发霉的细树枝旁边找到一块血迹和一片羽毛。他又找了一会儿,看见树干旁边躺着一具还有热气的小尸体,认出这就是他打死的鸟。

"我打中它的脑袋了!"他兴奋地对看家狗说。

看家狗闻一闻椋鸟,看出他主人不光是打中它的头。它胸脯上开了个口子,一条腿打断,嘴上挂着一大颗血珠。……庄稼汉很快地把手伸进衣袋里取新的火药,于是衣袋里就撒出些破布、碎纸、线头,掉在草地上。他把火药装进枪里,准备继续打猎,往前走去。

这时候,仿佛从地里冒出来似的,他面前突然出现地主家的总管,波兰人克尔热威茨基。庄稼汉看见他骄横严厉的脸和棕红色的头发,吓得周身发凉。不知怎么,他的帽子自然而然从脑袋上掉下来了。

"您这是干什么? 放枪吗?"波兰人用嘲笑的声调说,"我很高兴!"

猎人胆怯地斜起眼睛看着旁边,瞧见一辆大车,上面载着枯枝,旁边站着一些农民。他打猎入了迷,竟然没注意到来了这么一群人。

"您怎么敢放枪?"克尔热威茨基提高喉咙问道,

"看来,这是您的树林子?或者,也许,依您看来,彼得节①已经过去了?您是什么人?"

"我叫巴威尔·赫罗莫依,"庄稼汉费力地开口说,把枪搂在怀里,"卡希洛甫卡村的。"

"从卡希洛甫卡村来的,见鬼!那么是谁允许您放枪的?"波兰人继续说,极力不露出波兰话的口音,"把您的枪拿给我!"

赫罗莫依把枪交给波兰人,心想:

"你打我嘴巴也比对我称呼'您'好。……"

"把帽子也拿过来。……"

庄稼汉把帽子也交给他。

"我要给您个厉害瞧瞧,看您还敢放枪不!见鬼!跟我走!"

克尔热威茨基转过身去,背对着他,随着吱吱嘎嘎响的大车举步走去。巴威尔·赫罗莫依摸摸衣袋里的

---

① 东正教节日,在7月21日,按照旧俄时代的规矩,每年必须在这个节日以后才能开始打猎。

野鸟,跟着他走去。

过了一个钟头,克尔热威茨基和赫罗莫依走进一个宽敞的房间,天花板很低,四壁糊着蓝色壁纸,褪了色。那是地主家的账房。账房里什么人也没有,可是仍然使人强烈地感到这儿平时是有人的。账房中央放着一张橡木大桌子。桌子上有两三个账本、一个墨水瓶、一个撒沙器、一个断了壶嘴的茶壶。所有这些,都蒙着一层灰色的尘土。墙角上立着大柜,上面的油漆早已脱落。柜顶上放着铁皮的煤油桶和瓶子,瓶里装着某种混浊的液体。另一个墙角挂着圣像,上面布满蜘蛛网。……

"这得写呈文报官,"克尔热威茨基说,"我马上就去报告老爷,打发人去找警察来。脱掉皮靴!"

赫罗莫依在地板上坐下,一句话也没说,用发抖的手脱掉脚上的皮靴。

"您别溜掉,"总管打着哈欠说,"您光着脚走掉,那可没您的好处。……您就坐在这儿,等警察来。……"

老 年 集

波兰人把皮靴和枪藏在柜子里,上了锁,从账房里走出去。

克尔热威茨基走后,赫罗莫依久久地、慢条斯理地搔他的小后脑壳,仿佛在思考一个问题:他究竟是在什么地方。他不住叹气,战战兢兢地瞧着四处。那柜子、桌子、缺嘴的茶壶、小小的圣像,都带着责备和忧愁的神情瞧他。……在地主家的账房里苍蝇非常多,它们在他头顶上嗡嗡地叫,叫得那么凄凉,弄得他害怕得受不了。

"嗡嗡嗡……"苍蝇叫道,"你遭殃了吧?遭殃了吧?"

一只大黄蜂在窗子上爬来爬去。它想飞到露天底下去,可是窗玻璃不肯放它出去。它的活动充满烦闷和苦恼。……赫罗莫依踉跄着走到房门口,在门框旁边站住,垂下手来贴着裤缝,开始沉思。……

一个钟头过去了,两个钟头过去了,他仍然站在门框旁边等着,心事重重。

他斜起眼睛看那只黄蜂。

"为什么它,傻瓜,不从门口飞出去呢?"他想。

又过去两个钟头。四下里那么安静,一点声音也没有,死气沉沉。……赫罗莫依开始寻思,人家必是把他忘了,他一时还不会离开此地,就跟那只黄蜂一样,它也仍然不时从窗玻璃上掉下来。黄蜂到夜间就睡了,嗯,可是他怎么办呢?

"喏,人也是这样,"赫罗莫依瞧着黄蜂,像哲学家那样思考着,"是啊,人也是这样。……人也明明有地方可以出去,到外面自由的天地中去,可是人糊涂,不知道它,也就是不知道那个地方究竟在哪儿。……"

最后,不知在什么地方,房门砰的一响。随后响起一个人急匆匆的脚步声。不出一分钟,就有个又矮又胖的人走进账房里来,穿着极其肥大的裤子,系着吊裤带。他没穿上衣,也没穿坎肩。他衬衫背部,肩胛骨旁边,有一条汗印,胸前也有那样的汗印。他就是这儿的地主彼得·叶果雷奇·沃尔奇科夫,退役的中校。他那又胖又红的脸和冒汗的秃顶,都说明他情愿付出很高的代价,只求这种炎热能一下子换成主显节①的严寒就好。酷暑和闷热使得他难受。从他那对浮肿和带着睡意的眼睛看得出来,他刚从非常柔软和发热的羽毛褥子上起来。

他走进房来,在房间里来回走动好几趟,仿佛没看见赫罗莫依似的。然后他在俘虏面前站住,凝神瞧着他的脸,看了很久。他目不转睛地瞅着他,露出轻蔑的神情,起初那种神情还只是在他的小眼睛里略微流露出来,后来却渐渐在他整个胖脸上铺开。赫罗莫依受不住这样的目光,就低下眼睛。他感到害臊。……

"把你打死的东西拿出来!"沃尔奇科夫小声说,"快,拿出来,坏蛋,威廉·退尔②!拿出来,丑八怪!"

---

① 基督教节日,在1月19日,正是隆冬季节。
② 瑞士民间传说中的英雄,14世纪初瑞士人民反对奥地利封建主压迫的领袖,善于射箭。他杀死总督,组织了起义。在此被歪曲地借喻为"强盗"。

赫罗莫依伸手到衣袋里,取出那只不幸的椋鸟来。椋鸟已经不是原来的模样。它给揉成一团,开始干瘪了。沃尔奇科夫鄙夷地笑了笑,耸起肩膀。

"蠢材!"他说,"你这蠢货!没有脑筋的傻瓜!你就不觉得有罪?你就不害臊?"

"我害臊,彼得·叶果雷奇老爷!"赫罗莫依止住喉头那种不容他说话的吞咽活动,说道。……

"你这个强盗和犹大,不但没得到许可就在我树林里打猎,而且胆敢违抗政府法令!难道你就不知道法律禁止不按时打猎?法令上写着,不准任何人在彼得节以前开枪射击。你连这都不知道?走过来!"

沃尔奇科夫走到桌子跟前去,赫罗莫依跟在他后面,也往桌子那边走去。老爷打开一本书,翻看很久,然后用响亮的男高音,拖着长声,念出禁止在彼得节前打猎的条文。

"那么你连这也不知道?"老爷念完后问道。

"怎么会不知道呢?知道的,老爷。可是我们能懂吗？我们能有脑筋吗？"

"啊？既然你毫无道理地毁掉上帝的生物,那还谈得上什么脑筋？瞧,你把这只小鸟打死了。你为什么打死它？难道你能叫它活过来？我问你:你能吗？"

"不能,老爷。"

"可是你把它打死了。……打死这只鸟能得着什么好处,我不懂！区区一只椋鸟！既没有肉可吃,也没有羽毛可拔。……就这么白白打死了。……糊里糊涂,一枪打死了。……"

沃尔奇科夫眯细眼睛,动手把椋鸟的断腿拉直。小小的腿就断成两截,掉在赫罗莫依的光脚上。

"你这该死的,该死的！"沃尔奇科夫继续说,"你太贪心,强盗！你就是起了贪心才干出这种事的！你看见小鸟,心里就有气:小鸟倒飞得自由自在,赞扬上帝呢！你就说,我来把它打死……把它吃掉。……人的贪心啊！你这种人我就是见不得！你别用你的眼睛瞧我！你这个斜眼的坏蛋,斜眼鬼！瞧,你把它打死了,可是它说不定还有小儿女呢。……如今就在吱吱地叫。……"

沃尔奇科夫做出要哭的脸色,把手往下放,比画着,表示那些儿女还很小很小呢。……

"我不是起了贪心才干这件事的,彼得·叶果雷奇。"赫罗莫依用颤抖的声调辩白说。

"那又是什么缘故呢?当然是起了贪心嘛!"

"不是的,彼得·叶果雷奇。……要是我的灵魂有罪,那也不是起了贪心,不是贪图什么好处,彼得·叶果雷奇!这是魔鬼迷了我的心窍哟。……"

"你这种人会让魔鬼迷了心窍!你自己倒能迷了魔鬼的心窍呢!所有你们这些卡希洛甫卡村的人,全是强盗!"

沃尔奇科夫呼哧呼哧地从胸中吐出一口气,再吸足一口气,然后放低喉咙继续说:

"可是现在我该拿你怎么办?啊?要是考虑到你智力贫乏,就该把你放掉,可是根据你这种行径和胆大妄为来看,却该给你点厉害尝尝。……非如此不可。……够了,不能再纵容你们这种人。……够了!我已经打发人去找警察。……我们马上就把状子写好。……我已经打发人去了。……罪证齐全。……你就怪你自己吧……这不是我惩罚你,这是你的罪过惩罚你。……既然你会干犯罪的事,你就要受罚。……哎哎。……主啊,宽恕我们这些有罪的人吧!这些家伙给我招来不少麻烦哟。……哦,你们的春播小麦怎么样?……"

"还可以……老爷。……"

"可是你眨巴眼睛干什么?"

赫罗莫依心慌意乱地往空拳头里咳嗽几声,理了理腰带。

"你眨巴眼睛干什么?"沃尔奇科夫又问一遍,"你把椋鸟打死了,你倒还要哭?"

"老爷!"赫罗莫依逼尖了刺耳的嗓音大声说,仿佛打起了精神似的,"您心慈,比方说,瞧见我打死一只小鸟,就生气了。……您骂我那些话,不是因为您是地主,而是因为这种事伤了……您的慈悲心肠。……可是难道我就不难过?我是个笨人,不过,虽说我没有脑筋,我也难过。……主啊,打个雷劈死我吧。……"

"既然你难过,那你为什么放枪?"

"魔鬼迷了我的心窍呗。请您容许我说,彼得·叶果雷奇!我要把真情老老实实说一遍,就跟当着上帝的面似的。……警察要来,就让他来好了。……我的罪名,不管是在上帝面前还是法官面前,我都承当。对您呢,我把真情一五一十地说清楚,就跟在教堂里行忏悔礼一样。……您容许我说吧,老爷!"

"可是我容许了又怎么样?容许也罢,不容许也罢,反正你也说不出什么有道理的话来。你跟我说有什么用?我又不写状子。……那你就说吧!干吗不开口?说呀,威廉·退尔!"

赫罗莫依用袖口擦了擦颤抖的嘴唇。他的眼睛越发斜,越发小了。……

"我打死这只椋鸟,一点好处也得不着,"他说,"这些椋鸟,就算我打死一千只,又有什么用?卖也没法卖,吃也不能吃,就是这么回事……全是白搭。这您也能明白。……"

"不,你可别这么说。……喏,你是个猎人,还会不知道。……椋鸟要是在油里煎一下,再放在粥里,那可好吃得很。……还可以加上点调味汁。……那味道差不多跟松鸡一样呢。……"

沃尔奇科夫似乎忽然领悟到口气过于随便,就皱起眉头,补充说:

"我马上就要叫你知道它是什么味道。……你等着瞧吧。……"

"我们可顾不上味道不味道。……有面包吃就成了,彼得·叶果雷奇。……这您也不是不知道。……我打死椋鸟,是因为我心里苦恼。……就是这种苦恼逼着我干的。……"

"是什么苦恼?"

"鬼才知道是什么苦恼!您让我说说清楚。它,也就是那种苦恼,从复活节起就一直折磨我。……您让我说说清楚。……那天早晨,我做完晨祷,拿着供复活节用的甜奶渣饼受过祝福礼,走出教堂,回家去。……我们家那些婆娘走到前头去了,我一个人在后头走。我走啊走的,后来在水坝上停住脚。……我站在那儿,瞧着上帝的世界,瞧着世界上各种事情都那么有条有理,瞧着每个动物,每根青草,可以说,都挺自在。……天色已经大亮,太阳升上来了。……我看见这些,心里快活。后来我瞧着一只小鸟,彼得·叶果雷奇。忽然,我的心一动,缩起来!那是说,我的心揪紧了。……"

"这是什么缘故?"

"这是因为我看见小鸟了。马上有个想法来到我脑子里。我寻思:要能打枪才好,可惜法律不许可。这当儿天上又有两只小鸭子飞过,河对岸什么地方有一只小滨鹬叫唤。我巴不得能打猎才好!我心里这么盘算着,回到家里。我坐下,跟那些婆娘说话,可是我眼睛里净是小鸟。我嘴里吃饭,耳朵里却听见树林里树叶响,小鸟叫:啾啾!啾啾!啊,主!我一心想打猎,别的全不在心上!我喝白酒,开斋,脑子里却昏昏沉沉。我听见一个说话声。我仿佛听见耳朵里有个尖细的、天使般的声音响个不停,说道:去吧,巴希卡①,去打枪吧!这是魔法来了!我敢说,彼得·叶果雷奇老爷,这就是小鬼作祟,不是别人。那声音又好听又尖,跟小孩一样。从那天早晨起,那个东西,也就是苦恼,把我抓紧了。我在房子旁边土台上坐下,耷拉着胳膊,就像昏迷不醒似的,想心思。……想啊想的,想个没完。……我脑子里满是您去世的哥哥谢尔盖·叶果雷奇,祝他升天堂吧。我这个蠢人,不由得想起从前我常跟他老人家,跟那个去世的人一块儿出去打猎。我在他老人家手下,求上帝保佑他……当过头号猎手。他又高兴

---

① 巴威尔的爱称。

又感动,因为,虽说我两只眼睛是斜的,可我放起枪来,却是能手哩!他老人家打算带我到城里去找医生,叫他看看尽管我是残疾人,却有这种本事。那年月可真是了不起,打动人心啊,彼得·叶果雷奇。往往,天刚蒙蒙亮,我们就出门,叫着两条狗,卡拉和列德卡一块儿走,嘿……嘿嘿!我们一天走三十俄里呢!可是说这些有什么用!彼得·叶果雷奇!高贵的老爷!我跟您说句真话,全世界除了您哥哥以外,就再也没有一个真正的人了!他老人家是个残忍的人,凶狠,蛮横,可是论打猎,谁也不是他的对手!就拿季尔包尔克伯爵老爷来说,他一个劲儿学打猎,学来学去,临了满心嫉妒,就那么死了。他哪儿成!既没有您哥哥那副英俊的相貌,手里也没拿过您哥哥那种好枪!您老人家明白,那是双筒枪,马赛城列别里公司的货色。两百步开外就能打中!一枪就打下一只鸭子!这可不是说着玩的!"

赫罗莫依很快地擦擦嘴唇,眯着斜眼,继续说:

"就因为这个,我才生出那种苦恼。只要不能打枪,麻烦就来了:我的心里堵得慌!"

"这是找乐子!"

"不是,彼得·叶果雷奇!复活节整整一个星期,我就像昏了头似的走来走去,水不想喝,饭不想吃。在多马周①,我把枪拿出来擦一通,修理一下,心里才算轻松点。到五旬中节②,我心里又闹腾起来。我一心巴望着去打猎,熬都熬不住,差点急死。我就去喝酒,可那也不行,反而更糟。这可不是找乐子,老爷!做完圣水祭,我喝开了酒。……那种苦恼,却一天比一天厉害。……它闹得你浑身难受,把你从家里赶出去。……它一个劲儿赶你,一个劲儿赶你!好大的力量呀!我就拿起枪来,走出门外,到菜园子里,朝着寒鸦放枪!我一连打死十来只,可是我的心没松下来:我一心想到树林里去……到沼泽地去。就连我的老婆子

---

① 复活节后第一周。
② 东正教复活节与圣灵降临节之间的节日。

也开口骂我:'难道能打寒鸦吗？它不是高贵的鸟,不过打死它,也还是在上帝面前犯下罪:要是打死寒鸦,就会闹荒年的。'我呢,彼得·叶果雷奇,一赌气就把枪砸碎了。……滚它的！我心里才轻松点了。……"

"这是找乐子！"

"不是找乐子,老爷。我跟您说的是实话,这可不是找乐子,彼得·叶果雷奇！您让我给您说清楚。……昨天夜里我醒过来。我躺在那儿想心思。……我老婆睡着了,我找不着一个可以说话的人。我心里就想:'现在我那管枪还能不能修好呢?'我就爬起来,修开了枪。……"

"后来呢?"

"哦,总算马马虎虎修好了。……我修完,就拿着它跑出去,像个疯子似的。喏,后来我就给捉住了。……这也是我活该。……不光是那只鸟让人拿走,还挨一顿揍,要叫我明白明白。……"

"警察马上就来。……你到穿堂去等吧！"

"那我就走。……先前我在教堂里行忏悔礼,就说过这件事。……彼得神甫老爷也说这是找乐子。……不过照我的糊涂想法,按我对这种事的看法,这可不是找乐子,而是有病。……这跟酒瘾一样。……全是魔鬼搞出来的。……你自己不想干,可你的心不由得往那边想。比方说,你自己不愿意喝酒,在圣像前起了誓,可是不知什么东西老是催你:喝吧!喝吧!结果就喝了。我知道……"

沃尔奇科夫的红鼻子变得发紫。

"酒瘾是另一回事。"他说。

"一个样子,老爷!要是我说了假话,就让上帝打个雷劈死我,一个样子!我跟您说的是实话!"

接着是沉默。……他们沉默了五分钟光景,彼此瞅着对方的脸。

沃尔奇科夫的紫红的鼻子变成深青色了。

"这跟酒瘾是一码子事。……您老人家凭慈悲心肠自然明白酒瘾是什么毛病。……"

这一点中校倒不是凭慈悲心肠而是凭经验明白的。

"你去吧!"他对赫罗莫依说。

赫罗莫依不明白。

"你去吧,以后不要再让人捉住了!"

"那就求您把破靴子还给我,老爷!"庄稼汉明白过来,眉开眼笑,说道。

"靴子在哪儿?"

"在柜子里,老爷。……"

赫罗莫依收回他的靴子、帽子和枪。他带着轻松的心情走出账房门外,斜起眼睛往上看,天空中已经有乌黑而沉重的雨云了。风吹拂青草和树叶。头一批雨点已经洒下来,敲响滚烫的房顶。闷热的空气变得越来越清爽。

沃尔奇科夫在房间里推开窗子。窗子喀啷一声敞开,赫罗莫依看见那只黄蜂飞走了。

空气、赫罗莫依、黄蜂,都在庆祝各自的自由。

在朋友家里

故　　事

早晨来了一封信：

亲爱的米沙①,您把我们完全忘记了,请您赶快来,我们要见一见您。我们俩跪下来恳求您,今天就来吧,叫我们看看您那对明亮的眼睛。我们焦急地等着您。

塔和瓦

六月七日于库兹明吉

---

① 米哈依尔的小名。

这封信是塔契雅娜·阿历克塞耶芙娜·洛塞娃写来的,十年到十二年前波德果陵住在库兹明吉的时候,大家都简单地叫她"塔"。然而瓦是谁呢?波德果陵忆起那些冗长的谈话、欢畅的哄笑、谈情说爱的韵事、傍晚的散步、一大群当时住在库兹明吉以及它附近的姑娘和年轻的女人,于是想起一张普通的、活泼的、聪明的脸,脸上生着雀斑,跟深棕色的头发十分相配,这人就是塔契雅娜的朋友瓦丽雅,或者叫瓦尔瓦拉·巴甫洛芙娜。她在医学专科学校毕业以后,在图拉城外一个工厂里供职,现在看来到库兹明吉做客去了。

"可爱的瓦呀!"波德果陵沉浸在回忆里,想道,"她多么招人喜欢啊!"

塔契雅娜、瓦丽雅和他差不多同样年纪;可是那时候他是个大学生,而她们却已经是成年的、将要出嫁的姑娘了,都把他看作孩子。现在呢,虽然他已经做了律师,头发开始斑白,她们却仍旧叫他米沙,认为他年轻,说他在生活里还什么都没有体验过。

老　年　集

他很喜欢她们,不过与其说是真正喜欢她们,倒不如说是似乎在回忆中喜欢她们。他对她们现在的情况不熟悉,不理解,很生疏。就连这封简短而调皮的信也是生疏的,她们大概写了很久,很费力,塔契雅娜写信的时候,她的丈夫谢尔盖·谢尔盖伊奇多半站在她的背后。……库兹明吉作为陪嫁赠给新婚夫妇不过是六年前的事,可是已经被这个谢尔盖·谢尔盖伊奇糟蹋掉了,现在他每逢要到银行里去付款或者为抵押契约付款,总要来找波德果陵,要他出主意,就跟找律师出主意一样,而且不光是如此,他已经有两次开口向他借钱了。显然,目前他们就是打算向他要主意或者借钱。

库兹明吉不再像从前那样吸引人了。那儿一片凄凉景象。再也没有欢笑,没有热闹,没有高兴的、无忧无虑的脸容,没有安静的月夜的幽会,主要的是再也没有青春了;再者,所有那些东西大概只有在回忆中才会迷人。……除了塔和瓦以外,那儿还有一个娜,她是塔契雅娜的妹妹娜杰日达,大家不论是开玩笑或者认真,总是把她叫作他的未婚妻;他是亲眼看她长大成人的,大家指望他会跟她结婚,有一个时期他也真是爱上她,准备向她求婚,可是现在她已经二十四岁,而他至今还没有结婚。……

"哎,这都是怎么搞的,"现在他暗自想着,困惑地把信重看一遍,"可是,不去一趟不成,她们会生气的。……"

他很久没有到洛塞夫家去了,这像一块石头似的压在他的良心上。他在房间里来回走了一阵,想了一会儿,就硬逼着自己做出决定,到他们家里去住上三天,尽一下自己的义务,然后就可以自由自在,心安理得,至少拖到来年夏天再去了。早饭以后他动身到布列斯特火车站去的时候,对仆人说,他过三天就回来。

从莫斯科到库兹明吉要坐两个钟头的火车,然后从火车站出来,再坐大约二十分钟的马车。从车站上就可以看见塔契雅娜的树林和三座又高又窄的别墅,那是洛塞夫在婚后头几年干各种投机生意的时候开始建造而没有造完的。弄得他破产的不仅是这些别墅,还有各种农业方面的经营,还有那些频繁的、到莫斯科去的旅行;他到了莫斯科,就在斯拉维扬斯基市场吃早饭,在隐庐饭店吃午饭,傍晚总是到小布龙纳亚①或者席沃杰尔卡②去跟茨冈人玩乐(他把这叫作"散散心")。波德果陵自己也爱喝酒,有的时候喝很多,也不加选择地跟女人们周旋,然而并不起劲,冷冷淡淡,感觉不到什么欢乐,每逢他亲眼看到别人热心干这种事,他总是生出嫌恶的心情,他不了解那些在席沃杰尔卡觉得比在家里跟正派女人在一起自由得多的人,他不喜欢这种人;他总感到种种不干不净的东西像牛蒡似的缠住了他。他也不喜欢洛塞夫,认为他没有趣味,什么事也不会做,是个懒人,跟他在一起不止一次地生出嫌恶的心情。……

他一走出那个树林,谢尔盖·谢尔盖伊奇和娜杰

---

①② 莫斯科郊外类似夜总会的饭店。

日达就迎着他走过来。

"我亲爱的,您怎么把我们都忘了呢?"谢尔盖·谢尔盖伊奇跟他吻了三次,然后两只手搂住他的腰,说,"您简直不喜欢我们了,好朋友。"

他的脸盘很宽,鼻子肥大,淡褐色的胡子相当稀疏。他学商人的样子把头发往一旁梳,要显得像个普通的、纯粹的俄罗斯人。他讲话的时候把嘴里的气直喷到对方脸上,不说话的时候就用鼻子喷气,呼呼地响。他那营养良好的身体和过分的饱足弄得他不舒服,他为了呼吸得畅快点,老是挺起胸脯,这就给他添上傲慢的样子。他身旁站着他的妻妹娜杰日达,显得很秀气。她生着淡黄色的头发,脸色苍白,眼睛善良而亲切,身材匀称;至于她漂亮不漂亮,波德果陵就弄不清楚了,因为他从她小时候起就认得她,对她的相貌看惯了。此刻她穿一条敞着领口的白色连衣裙,她那裸露的、白白的长脖子给他留下的印象是新奇而且不大愉快的。

老 年 集

"我和姐姐从早晨起就在等您了,"她说,"瓦丽雅在我们家里,她也在等您。"

她挽住他的胳膊,忽然无缘无故地笑起来,轻松畅快地叫了一声,仿佛突然给一种什么思想迷住了似的。田地里长着开花的黑麦,在安静的空气里一动也不动,树林被阳光照着,这些都很美。在波德果陵身旁走着的娜杰日达,仿佛直到现在才发现风景很美似的。

"我到你们家里来住三天,"他说,"对不起,这以前我怎么也离不开莫斯科。"

"不好,不好,您把我们完全忘记了。"谢尔盖·谢尔盖伊奇用好意的责备口气说。"决不会!"①他忽然说,同时打了个榧子。

他有一个习惯,常常在谈话的时候出乎对方的意料,用惊叹的形式说出一句与谈话毫不相干的话,同时弹指作声。他老是在模仿什么人;如果他转动眼珠,或

---

① 原文为法语。

者随随便便地把头发往后一甩,或者装出慷慨激昂的样子,那就是说,前一天他去过戏院或者参加过有人发表演说的宴会。现在他踩着碎步走路,膝盖也不弯,像个痛风病患者,大概也是在模仿什么人吧。

"您要知道,塔尼雅①不相信您会来,"娜杰日达说,"可是我和瓦丽雅都有预感。不知什么缘故,我知道您准会坐这班火车来。"

"决不会!"谢尔盖·谢尔盖伊奇又说一遍。

那两个女人在花园里露台上等着。十年前波德果陵(那时候他是一个穷大学生)教娜杰日达算术和历史,她家供他伙食和住宿;当时瓦丽雅是专科学校的学生,顺便在他这里学拉丁语。塔尼雅呢,那时候已经是个漂亮的成年姑娘,除了恋爱以外什么也不想,一心巴望爱情和幸福,热烈地巴望着,期待着她日夜梦想的求婚男子。现在她已经三十多岁,仍旧像从前那么漂亮、

---

① 塔契雅娜的爱称。

体面,穿一件宽大的罩衫,两条胳膊又白又胖,她只关心自己的丈夫,关心自己的两个小姑娘。她的脸上带着这样的一种神情:虽然眼下她在说话、微笑,可是她心里想着别的,她时时刻刻在保卫她的爱情和她对这种爱情的权利,如果有人要夺去她的丈夫和孩子,她就随时会扑到这个敌人身上去。她爱得热烈,而且觉得自己同样被人热烈地爱着,可是嫉妒和为孩子的忧虑经常折磨她,妨碍她感到幸福。

在露台上经过一场热闹的会晤以后,除了谢尔盖·谢尔盖伊奇以外,大家都走到塔契雅娜的房间里去了。阳光隔着垂下的窗帘射不进来,房间里昏暗,弄得一大束玫瑰花像是同一种颜色了。波德果陵在窗子旁边一把旧圈椅上坐下来,娜杰日达坐在他脚边的一只矮凳上。他知道,除了现在他听到而且使他清晰地忆起往事的亲热的责备、打趣、欢笑以外,还会有关于借据和抵押契约的不愉快的谈话,这是没法避免的;于是,他思忖,也许还是现在就谈这些事好,不要再耽搁,赶快敷衍过去,然后就可以到花园里去透一下新鲜空气了。……

"我们要不要先谈正事?"他说,"你们库兹明吉这儿有什么新闻吗?在丹麦王国万事如意吗?①"

"我们的库兹明吉可不妙。"塔契雅娜回答说,悲伤地叹一口气。"唉,我们的事糟透了,糟透了,好像不可能再糟了。"她说,激动地在房间里走来走去。"我们的庄园要卖掉了,拍卖预订在八月七日举行,已经在各处登了广告,买主纷纷到这儿来,在房间里走来走去,东张西望。……现在人人都有权利走进我的房间里来东张西望了。这在法律上也许是公平的,可是这却使我抱屈,深深地伤了我的心。没有人给我们钱,也没有地方去借钱。一句话,可怕,可怕呀!我对您起誓,"她在房间中央站住,接着说,她的声音发颤,眼眶里迸出了泪水,"我凭一切神圣的东西,凭我孩子的幸

---

① 引自莎士比亚的悲剧《哈姆雷特》。

福向您起誓,缺了库兹明吉我就活不下去!我是在这儿出生的,这儿就是我的窝,要是有人把它从我手里夺走,那我就受不了,我会绝望得死掉。"

"我觉得,您把事情看得过于阴暗了,"波德果陵说,"什么事情都能对付过去。您的丈夫会找到工作,你们会走上新的轨道,按新的方式生活下去的。"

"您怎么能说这话!"塔契雅娜叫道;这时候她显得很漂亮,很有力量,她随时准备向任何打算夺走她的丈夫、她的孩子、她的窝的敌人扑过去的心情,特别清楚地表现在她的脸上,她的整个体态上。"什么新的生活!谢尔盖正在奔走,人家答应在乌法省或者彼尔姆省的某个地方给他找一个税务督察官的位子,我呢,随便哪儿都能去,哪怕西伯利亚也能去,我准备在那儿住上十年、二十年,不过,我得知道,迟早我仍旧会回到库兹明吉来。缺了库兹明吉我就活不成。活不成,而且也不愿意再活下去。不愿意!"她叫道,顿一下脚。

"您,米沙,是个律师,"瓦丽雅说,"您是个讼师。

这事该怎么办,就该由您出个主意了。"

只有一个回答,既公平,又合理:"什么办法也没有。"可是波德果陵下不了决心照直说出口,就犹豫不决地小声嘟哝道:

"是得考虑一下。……我要想一想。"

在他身上有两个人。他,作为律师,有的时候办粗俗的案子,在法庭上对待当事人态度傲慢,老是直率而尖锐地发表自己的见解,对待朋友也毫不客气;然而在他个人的私生活里,在亲近的或者早已熟识的人们身边,他却表现出异乎寻常的体贴态度,他腼腆,容易动感情,不会直截了当地说话。他只要看到眼泪,不满的目光,作假,或者甚至难看的姿态,他就会缩成一团,手足无措。现在娜杰日达坐在他的脚边,他不喜欢她那裸露的脖子,这使他发窘,他甚至恨不得回家去。一年以前,有一次他在布龙纳亚的一个女人那儿遇见谢尔盖·谢尔盖伊奇,现在他在塔契雅娜面前觉得很不自在,好像他自己参与了她丈夫的背叛行为似的。这场关于库兹明吉的谈话使他非常为难。他习惯于让一切棘手的、不愉快的问题由法官们,或者由陪审员们,或者简单地由法律的某个条文去解决;如今问题提到他本人面前,要由他来做出决定,他就发慌了。

"米沙,您是我们的朋友,我们大家都喜欢您,把您看成自己人,"塔契雅娜接着说,"我老实跟您说:所有的希望都在您身上。看在上帝分上,请您指点我们:我们该怎么办?也许得递个呈文上去?也许把这个庄园转到娜嘉①或者瓦丽雅名下去,还不算迟?……该怎么办呢?"

"您救救她吧,米沙,救救她吧,"瓦丽雅点上烟,说,"您素来是个聪明人。您生活经验少,在生活里还没经历过什么,不过您的两个肩膀上有一个好脑袋。……您会帮助塔尼雅的,我知道。"

"是得考虑一下。……也许我会想出什么办法

---

① 娜杰日达的爱称。

来的。"

他们到花园里去散步,后来走到田野上。谢尔盖·谢尔盖伊奇也去散步。他挽着波德果陵的胳膊,老是带他走到前头去,显然有事要跟他谈,大概就是谈这种糟糕的事儿。跟谢尔盖·谢尔盖伊奇一块儿走路,跟他谈话,是一件苦事。他不时要接吻,而且总是吻三次,拉人的胳膊,搂人的腰,对人的脸喷气,仿佛他身上满是带甜味的胶水,马上就要粘到人身上来似的;他眼睛里露出他对波德果陵有所要求而且马上就要提出的那种神情弄得波德果陵很不好受,好像有一支手枪的枪口瞄准了他似的。

太阳落下去,天色黑下来。沿铁路线上这儿那儿点亮了灯火,有绿色的,有红色的。……瓦丽雅站住,瞧着那些灯火,开始朗诵:

> 这条路笔直向前:
> 狭窄的路堤、铁轨、桥梁、电线杆,
> 两旁都是俄国人的白骨……

老　年　集

数也数不完！……①

"下面是什么？唉,我的上帝,我都忘光了！"

我们不管热天冷天老是辛勤劳瘁,

弯着我们的脊背。……

她用好听的低沉的声音朗诵,动了感情;脸上现出富有朝气的红晕,眼睛里含着泪水。她变成从前的瓦丽雅,专科学校学生瓦丽雅了。波德果陵听着她的朗诵,想起当初他做大学生的时候,也背熟许多好诗,喜欢朗诵这些诗。

他到现在还没有伸直伛偻的脊背,

总是闷声不响,默默无言。……

可是下面的诗句瓦丽雅记不得了。……她沉默下来,软弱无力地淡淡一笑。在她朗诵以后,那些绿色的和红色的灯火似乎也开始显得悲凉了。……

---

① 此处以及下面的诗句均引自俄国诗人涅克拉索夫的诗《铁路》。

"唉,我忘啦!"

可是波德果陵忽然记起来了,这首诗不知怎的从大学生时代起就偶然地保留在他的记忆里。他就缓缓地小声念道:

> 俄罗斯人民经得住种种痛苦,
>
> 也经得住修这条铁路,
>
> 他们经得住一切,
>
> 用自己的胸膛铺出这条宽阔明亮的道路……
>
> 只是可惜啊……

"只是可惜啊,"瓦丽雅记起来了,就打断他的朗诵,念道,"只是可惜啊,不论是我还是你,都无缘生活在这美好的时代里!"

她笑起来,伸手拍一下他的肩膀。

他们回到家里,坐下来吃晚饭。谢尔盖·谢尔盖伊奇模仿一个什么人,随随便便把餐巾的一角往衣领里一塞。

"让我们喝一杯,"他说,给自己和波德果陵斟上白酒,"我们这些老牌大学生又会喝酒,又健谈,又会做事。我为您的健康干杯,好朋友,您呢,为这又老又傻的理想主义者干杯,祝他一直到死始终是个理想主义者。江山易改,禀性难移啊。"

塔契雅娜在晚饭桌上一直温柔地瞧着她的丈夫,她怀着醋意,生怕他爱上别的女人,同时又担心他吃了或者喝了什么有害的东西。她觉得他被女人们宠坏了,疲乏了,这一点惹得她喜欢他,同时又使她痛苦。瓦丽雅和娜嘉对待他也很温柔,不安地瞧着他,仿佛生怕他猛地站起来,从她们身边走掉似的。他想给自己再倒一杯酒,瓦丽雅就做出气愤的脸色,说:

"您在害您自己,谢尔盖·谢尔盖伊奇。您是个神经质的、敏感的人,很容易喝上瘾。塔尼雅,叫人把酒拿下去吧。"

一般说来,谢尔盖·谢尔盖伊奇在女人方面总是获得很大的成功。她们喜欢他的身量、体格、大脸、他的闲散和他的不幸。她们说他过于善良,因而才滥花钱;他是理想主义者,因而才不切实际;他诚实,灵魂纯洁,不善于适应人们和环境,因而才一无所有,找不到固定的工作。她们都深深地相信他,爱慕他,她们的崇拜把他给惯坏了,弄得他自己也开始相信自己是个理想主义者,不切实际,诚实,灵魂纯洁,比这些女人高出一头,好得多。

"您怎么不称赞我这些小姑娘呢?"塔契雅娜说,怀着热爱看她的两个小姑娘,她们长得胖乎乎的,挺健康,就像两个椭圆形的白面包,她给她们盛上满满两盆子米饭,"您只要瞧一瞧她们就行!据说所有的母亲都夸自己的孩子,可是我向您担保,我不偏心,我这些小姑娘确实与众不同。特别是大的一个。"

波德果陵对她和那些小姑娘不住地微笑,可是他觉得奇怪:这个健康、年轻、并不愚蠢的女人实际上是个巨大而复杂的机体,却把她的全部精力、全部生命的力量都消耗在这种不复杂的琐碎的工作上,例如建立这个窝,其实这个窝不用她操心也已经建成了。

"也许,这样做是必要的吧,"他暗想,"不过,这是没有趣味,也不聪明的。"

"他没来得及喊一声哎呀,熊就扑到他身上来了。"①谢尔盖·谢尔盖伊奇说,同时打了个榧子。

吃完晚饭后,塔契雅娜和瓦丽雅让波德果陵在客厅里一张长沙发上坐下来,开始跟他低声讲话,又谈那些事。

"我们得救救谢尔盖·谢尔盖伊奇才是,"瓦丽雅说,"这是我们道义上的责任。他有他的弱点,他花钱大手大脚,不考虑日后会有困难的日子,不过这是因为他太善良、太慷慨的缘故。他有一颗纯粹孩子般的心。要是给他一百万,不出一个月他就会用得一个也不剩,全散给外人了。"

"这是实话,实话,"塔契雅娜说,眼泪淌下她的脸

---

① 引自克雷洛夫的寓言《农夫与雇工》。

颊,"我为他受够了苦,不过也得承认,他是个了不起的人。"

她俩,塔契雅娜和瓦丽雅,却又无法不表现小小的残忍,忍不住责备波德果陵说:

"至于你们这一代啊,米沙,可就不同啦!"

"这哪儿谈得上什么一代呢?"波德果陵暗想,"洛塞夫至多比我大六岁罢了。……"

"生活在这个世界上可不容易啊,"瓦丽雅说,叹一口气,"人经常会有灾难威胁他。一会儿人家想夺去你的庄园,一会儿一个亲人害病了,你就担心他会死掉,天天都是这样。可是这有什么办法呢,我的朋友。必须毫无怨言地顺从最高意旨①,必须记住这个世界上没有一件事是偶然发生的,什么事都有它深远的目的。您,米沙,还涉世不深,受的苦不多,您会嘲笑我,那就管自嘲笑吧,不过我仍旧要说:在我感到最深沉的

---

① 指上帝。

忧虑的时刻,有几次忽然大彻大悟,这使我的灵魂产生了根本性的转变,我现在才知道什么事情都不是偶然的,凡是我们生活里所发生的事都是势所必然的。"

这个已经有白头发,穿着紧身胸衣和袖子隆起的时髦连衣裙的瓦丽雅,这个用又长又细的手指头转动纸烟,而那些手指头不知什么缘故老是颤抖的瓦丽雅,这个动不动就大讲神秘主义,讲得那么呆板、单调的瓦丽雅,跟当年那个长着深棕色头发的专科学校学生,那个兴高采烈、谈笑风生、无所畏惧的瓦丽雅相比,是多么不同啊。……

"要能了结这种谈话多好!"波德果陵乏味地听她讲着,暗自想道。

"瓦,您唱个歌吧,"他对她说,为的是打断这种关于大彻大悟的谈话,"从前您唱得挺好。"

"哎,米沙,过去的事都已经过去了。"

"那么,您朗诵涅克拉索夫的诗吧。"

"我全忘掉了。刚才我是无意中念出来的。"

尽管她穿着紧身胸衣和袖子隆起的衣服,可是看得出来她很穷,在图拉城外那家工厂里过着半饥半饱的生活。而且十分明显,她工作过度。那种繁重而单调的劳动、她对别人的事情的经常干预和操心,使她过于疲劳,变得衰老了。波德果陵现在瞧着她那张悲伤的、已经憔悴的脸,心里想,实际上应该帮助的并不是她那么关切的库兹明吉和谢尔盖·谢尔盖伊奇,倒是她本人。

高等教育和医务工作似乎没有触及她身上的女人本性。她也像塔契雅娜一样喜欢婚礼、分娩、洗礼宴、关于孩子的冗长谈话,喜欢可怕而又有圆满结局的长篇小说。她在报纸上只看关于火灾、水灾、盛大的典礼的新闻。她十分希望波德果陵会向娜杰日达求婚,如果这件事真的发生,她就会感动得大哭一场。

他不知道这是偶然发生的呢,还是瓦丽雅的故意安排,总之只剩下他一个人和娜杰日达待在一起了。可是他怀疑有人在窥伺他,怀疑她们对他有所企图,单是这种怀疑就弄得他很拘束,心里发慌。他感到待在娜杰日达身旁就像跟她一块儿被人关在同一只笼子里似的。

"我们到花园里去走走吧。"她说。

他们就走进花园。他心里不满意,带着懊恼的感情,不知道该跟她谈什么好。她呢,高高兴兴,由于他跟她亲近而得意,显然由于他还要在这儿住三天而感到满意,也许还充满甜蜜的幻想和希望呢。他不知道她爱不爱他,然而他知道她早已跟他很熟,对他有好感,至今仍旧把他看作她的老师,他也知道,当前她的内心活动和当年她姐姐塔契雅娜的内心活动是一样的,那就是,她只想着爱情,只想着快些出嫁,有个丈夫,生儿育女,安个自己的窝。那种在孩子们身上常常表现得很强烈的友好感情她一直保留到现在,很可能她只是尊敬波德果陵,把他当作朋友那样喜欢他,她所爱的不是他,而是她那些关于丈夫和子女的幻想。

"天黑了。"他说。

"对了。月亮现在上来得迟了。"

他们一直在房子附近那条林荫道上来回走着。波德果陵不愿意走到花园深处去:那儿黑,那就得挽住娜杰日达的胳膊,跟她挨得很近。露台上有些人影在活动,他觉得好像是塔契雅娜和瓦丽雅在窥伺他。

"我要跟您商量一下,"娜杰日达站住,说,"如果库兹明吉卖掉,谢尔盖·谢尔盖伊奇就要出去工作,那时候我们的生活就得完全改变。我不打算跟姐姐走,我们就要分开了,因为我不想成为她家庭的累赘。我得工作。我要到莫斯科去找个工作,自己挣钱,帮助我的姐姐和她的丈夫。您会帮我拿主意的,对不对?"

她对劳动完全不熟悉,现在却受到独立劳动生活的想法的鼓舞,正在构思未来的计划,这在她脸上流露出来了。依她看来,那种她自己劳动而帮助别人生活的想法显得美妙而富于诗意。他近距离看到她那张白白的脸和黑黑的眉毛,想起当初她是一个多么聪明伶俐的女学生,有多么好的素质,教她功课是多么愉快。

现在,她大概不光是一个想望未婚夫的小姐,而且是一个聪明高尚的姑娘,非常善良,具有温顺柔和的心灵,这种心灵像蜡做的,想把它捏成什么样就可以捏成什么样,要是把她放在一个适当的环境里,她就会成为一个出色的女人。

"何不真的跟她结婚呢?"波德果陵暗想,可是不知什么缘故,立刻被这个想法吓坏,走回正房去了。

在客厅里,塔契雅娜坐在钢琴旁边,她的弹奏使人生动地忆起过去,那时候人们也是在这个客厅里弹琴,唱歌,跳舞,直到深夜,同时窗子敞开着,花园里和河边的鸟也在歌唱。波德果陵高兴起来,便闹着玩,跟娜杰日达跳舞,又跟瓦丽雅跳舞,然后唱歌。他脚上的鸡眼弄得他不好受,他就要求允许他换上谢尔盖·谢尔盖伊奇的便鞋。说来奇怪,他穿上这双便鞋,竟觉得自己就是他家的人,他们的亲人("像他们的妹夫一样……"这个想法在他脑子里闪现了一下),他就变得越发高兴了。大家看着他,也变得活泼起来,高兴起来,仿佛变得年轻了似的。大家都脸色开朗,有了希望:库兹明吉得救了!要知道,这是很好办的:只要翻一翻法律书,找出一个什么办法,或者让娜嘉嫁给波德果陵就成了。……显然,事情已经有了眉目。娜嘉脸色红喷喷,感到很幸福,眼睛里含满泪水,期望着什么不平常的事发生,在跳舞中旋转着,她的白色连衣裙鼓起来,露出她那双小小的、美丽的、穿着肉色袜子的脚。……瓦丽雅十分满意,挽着波德果陵的胳膊,带着意味深长的神情对他低声说:

"米沙,不要逃避自己的幸福。趁它自己送到您手里来,您就抓住它不放,要不然,日后您自己想追求它,可是时机已经太迟,追不上了。"

波德果陵想应允,给予希望,连他自己也已经相信库兹明吉会得救,相信事情好办了。

"'你会成为世界的女皇……'①"他唱起来,做出

---

① 引自俄国诗人莱蒙托夫的诗《恶魔》。

一种姿势,但是他忽然想起对这些人来说已经什么办法也没有,一丁点办法也没有了,他就停住唱,像是自己犯了什么过错似的。

然后他就在角落里坐下来,默默无言,把两只穿着别人的便鞋的脚缩到椅子底下去。

瞧着他,别人也就明白事情已经无法可想了,便都安静下来。钢琴盖子关上了。大家才发现时间已经不早,该睡觉了,塔契雅娜吹熄了客厅里的一盏大灯。

他们给波德果陵在他原先住过的那所厢房里准备下床铺。谢尔盖·谢尔盖伊奇送他去,把蜡烛举得高过头顶,其实月亮已经升上来,外面很亮。他们在一条两边长着丁香花丛的林荫道上走着,沙砾在他们脚底下沙沙地响。

"他没来得及喊一声哎呀,熊就扑到他的身上来了。"谢尔盖·谢尔盖伊奇说。

波德果陵觉得这句话他好像已经听过一千次了。他多么讨厌这句话呀!他们走进厢房,谢尔盖·谢尔盖伊奇从他那件肥大的上衣里拿出一个瓶子和两个杯子,放在桌子上。

"这是白兰地,"他说,"这是名牌货。瓦丽雅在那边正房里,在她面前没法喝酒,你一喝,她就马上开口说什么酒瘾。在这儿,我们就不受拘束了。这白兰地好得很。"

他们坐下来。这白兰地果然很好。

"今天我们来开怀畅饮吧,"谢尔盖·谢尔盖伊奇接着说,啃着一个柠檬,"我这个老牌的大学生有时候喜欢提一提神。这是必不可少的。"

他的眼睛里仍旧流露出他对波德果陵有所企图、他马上要请求他什么事的神情。

"喝吧,老兄,"他接着说,唉声叹气,"要不然,太难受了。对我们这班怪人来说,末日到了,完蛋了。如今理想主义可是不时兴了。如今是卢布得势,要是你想不让人推到一边去,那就得趴在卢布面前恭恭敬敬地叩头。可是我办不到。我顶讨厌这种事!"

"拍卖定在什么时候?"波德果陵问道,为的是变换话题。

"八月七日。可是我根本不指望挽救库兹明吉了,我亲爱的。欠款的数目很大,田产又没有带来什么收入,反而年年赔钱。划不来了。……当然,塔尼雅舍不得,这是她家祖传的产业,我呢,老实说,甚至还有几分高兴。我根本不是乡村居民。我的阵地是热闹的大城市,我的爱好是战斗!"

他还讲了些别的,然而完全不是他要讲的话。他紧紧地盯住波德果陵,好像在等一个适当的机会。忽然,波德果陵看见他的眼睛凑过来,脸上感觉到他的呼吸了。……

"我亲爱的,救救我吧!"谢尔盖·谢尔盖伊奇说,呼呼地喘气,"给我两百卢布吧!我求求您!"

波德果陵想说他自己手头也很紧,他心想这两百卢布还不如送给一个穷人,或者索性打牌输掉的好,然而他十分窘,觉得自己待在这个只有一支蜡烛的小房间里像是掉进一个陷阱里了。他想快点躲开他的呼吸,摆脱他那两只搂住他腰的、柔软的手,觉得那两只手仿佛已经粘在他身上似的。他就赶快在自己的口袋里摸他那放钱的皮夹。

"喏……"他拿出一百卢布,喃喃地说。"另外的一百以后再说吧。我身边没有多的了。您明白,我不会拒绝别人的请求,"他带着愤激的声调接着说,开始生气了,"我有一种讨厌的婆婆妈妈脾气。不过,这笔钱请您以后务必还给我。我自己也缺钱。"

"谢谢您。谢谢,好朋友!"

"看在上帝分上,您不要以为自己是个理想主义者。您绝不是理想主义者,就跟我也绝不是火鸡一样。您只不过是个轻浮懒散的人罢了。"

谢尔盖·谢尔盖伊奇深深地叹一口气,在长沙发上坐下来。

"您,我亲爱的,生气了,"他说,"不过,要是您知道我多么痛苦就好了!现在我就在经历一段可怕的时间。我亲爱的,我起誓,我不是怜惜自己,不是!我是怜惜我的妻子和儿女。要不是因为有妻子和儿女,我早就了结我的残生了。"

忽然他的肩膀和脑袋开始颤动,他哭起来了。

"莫名其妙,"波德果陵说,激动地在房间里走来走去,觉得十分气恼,"是啊,请问,一个人做了一大堆坏事,后来哭了,你拿他怎么办呢?您的眼泪解除人的武装,我什么话也没法跟您说了。您哭,可见您认为自己是对的。"

"我做了一大堆坏事?"谢尔盖·谢尔盖伊奇问,站起身来,惊讶地瞧着波德果陵,"我亲爱的,这话是您说的吗?我做了一大堆坏事?!啊,您多么不明白我!您多么不了解我呀!"

"好,就算我不了解您吧,不过,请您别再哭了。这叫人讨厌。"

"啊,您多么不明白我啊!"洛塞夫十分诚恳地又说一遍,"您多么不明白我啊!"

"请您照一照镜子吧,"波德果陵接着说,"您已经不是个年轻人,很快就要老了,现在总该好好想一想,认识清楚您究竟是个什么人了。您一辈子什么事也不做,一辈子这样无聊而幼稚地胡说八道,装腔作势,扭扭捏捏,莫非您的脑袋还没有发晕,您还不厌恶这样的生活?跟您在一起沉闷得很!跟您在一起乏味得要命!"

说完这话,波德果陵就走出厢房,砰的一声把门带上。这恐怕还是他生平第一次真心诚意,说出了他所要说的话。

过了一会儿,他已经后悔不该这样严厉了。既然一个人经常作假,吃得很多,喝得不少,花掉许多别人的钱,同时又深信自己是个理想主义者和受难者,那么跟这种人认真谈话或者发生争论有什么益处呢?这儿的问题在于愚蠢,或者是多年的坏习气,而这种习气就像疾病似的深深地侵蚀人的机体,已经不可救药了。不管怎样,愤慨和严厉的责备在这儿是没有益处的,所需要的毋宁是嘲笑。只要来一次厉害的嘲笑就比讲十次大道理有用得多!

"不过,再简单一点,索性不理他算了,"波德果陵想,"主要的是不该给他钱。"

又过了一会儿,他就不再想谢尔盖·谢尔盖伊奇,也不再想他那一百个卢布。这是一个安静的、似乎在沉思的夜晚,十分明亮。每逢月夜,波德果陵瞧着天空,总觉得只有他和月亮没有睡觉,其他的一切都睡熟了,或者在打盹儿。这时候,人也罢,钱也罢,都不在他的心上,他的心绪渐渐平静、安宁了。他觉得他在世界上是孤零零的一个人,在夜晚的沉寂中,他感到自己的脚步声显得那么凄凉。

花园四周是白色的石墙。在朝着田野的那堵墙的右角上有一个塔楼,那是很久以前,远在农奴制时代建成的。塔楼下部是石砌的,上部用木头搭成,有一个小平台、一个圆锥形的房顶、一个很长的塔尖,塔尖上安着一个黑色的风向标。下面有两道门,从花园里穿过这两道门就可以走到田野上去。从下面到上面的小平台有一道楼梯相通,人走在那道楼梯上,它就会嘎吱嘎吱地响。楼梯下边堆着几把旧的破圈椅,这时候月光射进门来,照亮那些圈椅,它们翘起弯曲的椅腿,仿佛到了夜间就活过来,在寂静中埋伏着,等待什么人似的。

波德果陵顺着楼梯走到小平台上,坐下来。围墙外面就是一道标明地界的沟和土堤,再过去就是辽阔的田野,浸沉在月光里。波德果陵知道从这儿一直往前走,离庄园三俄里的地方有树林,现在他仿佛看见远处有一道乌黑的林带。鹌鹑和长脚秧鸡在叫,有的时候从树林那边传来一只杜鹃的叫声,它也没有睡觉。

脚步声响起来。有一个人在花园里走动,靠近这个塔楼。

一条狗吠起来。

"茹克!"一个女人的声音轻声招呼道,"茹克,回来!"

可以听见下面他们走进塔楼的声音;过一会儿土堤上就出现波德果陵熟识的一条黑毛老狗。它站住,往上看,瞧着波德果陵坐着的那一边,好意地摇尾巴。随后,过了一会儿,从那道黑沟里,像幽灵似的升起一个白色的人影,也在土坡上站住。这人是娜杰日达。

"你在那儿看什么?"她问那条狗,她也开始往上看。

她没有看见波德果陵,可是大概感到他就在附近,因为她微微笑着,她那被月光照亮的白脸显得很幸福。塔楼的黑影顺着地面伸展到远处的田野里,这个不动的白色人影以及她那张苍白的脸上的幸福笑容、那条黑狗、他们的阴影,所有这些合在一起好像梦境似的。……

"那儿有人吧……"娜杰日达轻声说。

她站在那儿等着他走下楼来或者招呼她上去,终于吐露他的爱情,于是他们在这安静美丽的夜晚就双双幸福了。她穿着白色的衣服,肤色也白,身材消瘦,在月光下显得十分美丽,正在等着爱抚;她那种对幸福和爱情的执着追求已经使得她心力交瘁,她再也没有力量掩盖她的感情了。她的整个身形、她眼睛的亮光、她常挂在脸上的幸福笑容,都泄露了她那些密藏在心底的思想。他觉得很不自在,缩起身子,不出声音,不知道该开口说话,照往常那样开个玩笑把这种事敷衍过去呢,还是该沉默;他感到烦恼,心里暗想:在这儿,在这个庄园里,在这个月夜,在这个美丽的、钟情的、好幻想的姑娘身旁,他竟像在小布龙纳亚那样冷淡;因为对他来说,这种诗如同那种粗俗的散文一样,显然已经过时了。而且,月夜的幽会也好,腰身很细的白色身形也好,神秘的阴影也好,塔楼也好,庄园也好,像谢尔盖·谢尔盖伊奇那样的"人物"也好,也都过时了。就连他波德果陵自己这样的人,这种老是感到冷冷的沉闷,经常气恼,不善于适应现实生活,不善于从现实生活中取得它所能给予的东西,却难忍难熬地苦苦渴求着世界上没有,也不可能有的东西的人,也过时了。如今,他坐在这儿,坐在这个塔楼上,只希望看一场好烟火或者月光下的一个什么行列,要不然就听瓦丽雅再一次朗诵《铁路》,或者看另一个女人站在土堤上,站在眼前娜杰日达站着的地方,听她讲一些有趣而新鲜的话,跟爱情和幸福都没有关系的话。即使她讲到爱情,那也该是号召人们去过一种高尚而合理的新型的生活,说不定我们已经生活在它的前夜,这是有的时候可以预感到的。……

"没有人。"娜杰日达说。

她又站一会儿,就低下头,慢腾腾地往树林那边走去。那条狗跑到前头去了。很久很久波德果陵还可以看见一个白色的斑点。

"唉,这都是怎么搞的啊……"他心里又说一遍,就回到他的厢房里去了。

他不能想象明天他会对谢尔盖·谢尔盖伊奇,对塔契雅娜说些什么,他会怎样对待娜杰日达,后天也是这样,总之他预先感到慌张、恐惧、烦闷了。怎样来度过他答应在这儿盘桓的漫长的三天呢?他回想关于大彻大悟的谈话,回想谢尔盖·谢尔盖伊奇所说的那句话:"他没来得及喊一声哎呀,熊就扑到他的身上来了。"又想到明天为了讨塔契雅娜的好而不得不对她的饱足的胖姑娘们微笑,于是决定一走了事。

五点半钟,谢尔盖·谢尔盖伊奇从大房子里走出来,站在露台上,穿一件布哈拉式的长袍,戴一顶带缨子的圆锥形平顶帽。波德果陵一刻也不耽搁,走到他跟前,向他告辞。

"我得在十点钟以前赶到莫斯科去,"他说,眼睛没有瞧着对方,"我完全忘了有人要在公证人那儿等我。请您务必放我走。等您家里的人起来,请您替我对她们赔罪,说我非常抱歉。……"

他没有听谢尔盖·谢尔盖伊奇对他说了些什么话,就匆匆地走了,老是回头看正房的窗子,仿佛生怕那些女人醒过来,留住他似的。他为自己的慌张害臊。他感到这是他最后一次到库兹明吉来,以后不会再到这儿来了。他临走的时候,好几次回过头去看他从前度过许多美好岁月的那个厢房,然而他的内心却冷冷的,并没有感到忧郁。……

他回到自己家里,首先看见桌子上放着昨天他收到的那封信。"亲爱的米沙,"他读道,"您把我们完全忘记了,请您赶快来吧……"不知什么缘故,他想起娜杰日达在跳舞中旋转,她的连衣裙鼓起来,露出她那双穿着肉色袜子的脚。……

过了十分钟,他已经坐在桌子旁边工作,不再想到库兹明吉了。

识别上方二维码

免费收听契诃夫小说精彩片段